真探社

暗黑医院

仮面病棟

[日] 知念实希人 著　董纾含 译

天津出版传媒集团
天津人民出版社

图书在版编目（CIP）数据

暗黑医院 /(日) 知念实希人著 ; 董纾含译.
天津 : 天津人民出版社, 2025.8. -- ISBN 978-7-201-21375-0

Ⅰ. I313.45
中国国家版本馆CIP数据核字第20255P2A39号

KAMEN BYOTO
Copyright © 2020 Mikito Chinen
Originally published in Japan in 2020 by Jitsugyo no Nihon Sha, Ltd.
Simplified Chinese translation rights arranged with Jitsugyo no Nihon Sha, Ltd.
through Maxinformation Co., Ltd. , Tokyo.
Simplified Chinese edition copyright © 2025 UNREAD SKY CULTURE MEDIA LIMITED Co., Ltd.
All rights reserved.

著作权合同登记号图字：02-2025-074号

暗黑医院
AN HEI YIYUAN

出　　版	天津人民出版社
出 版 人	刘锦泉
地　　址	天津市和平区西康路 35 号康岳大厦
邮政编码	300051
邮购电话	022-23332469
电子信箱	reader@tjrmcbs.com

选题策划	联合天际・U 工作室
责任编辑	王小凤
特约编辑	刘冰夷
美术编辑	梁全新
封面设计	沉清 Evechan

制版印刷	河北鹏润印刷有限公司
经　　销	新华书店
发　　行	未读（天津）文化传媒有限公司
开　　本	889 毫米 ×710 毫米　1/32
印　　张	10.5
字　　数	155 千字
版次印次	2025 年 8 月第 1 版　2025 年 8 月第 1 次印刷
定　　价	49.80 元

关注未读好书

客服咨询

本书若有质量问题，请与本公司图书销售中心联系调换
电话：(010) 52435752

未经许可，不得以任何方式
复制或抄袭本书部分或全部内容
版权所有，侵权必究

目录

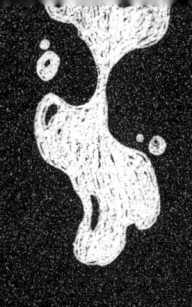

序章_____1

第一章　小丑之夜_____7

第二章　第一个牺牲者_____75

第三章　敞开的门_____149

第四章　假面脱落_____221

终章_____321

田所医院　各楼层平面图

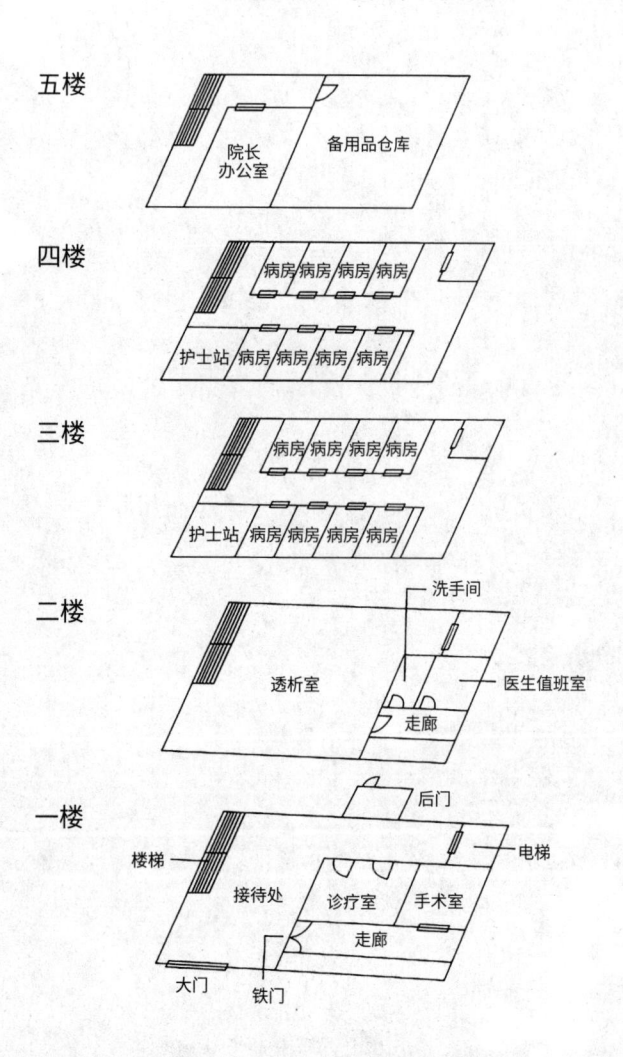

五楼

院长办公室／备用品仓库

四楼

护士站／病房／病房／病房／病房／病房／病房／病房／病房／病房

三楼

护士站／病房／病房／病房／病房／病房／病房／病房／病房／病房

二楼

透析室／走廊／洗手间／医生值班室

一楼

楼梯／接待处／诊疗室／手术室／走廊／后门／电梯／大门／铁门

序章

秒针计时的声音在六叠[1]大小的空间里显得异常刺耳,如铅一般沉重的空气一点一滴地蚕食着精神。

速水秀悟将肺里的空气倾吐一空,随后望向坐在对面的警察。

"我已经把知道的一切都告诉你们了,还有什么不满意的吗?"

他被关在这充斥着阴郁空气的房间里已经超过十个小时了。在如此促狭的空间之内,和这帮浑身冒热气的警察待这么久,他的忍耐已近极限。

姓金本的中年刑警将一侧的手肘搭在桌上,满面狐疑地眯起眼,自下而上斜睨着秀悟。

"并不是不满意,速水医生。不过……"

金本搔了搔头发稀薄的脑袋,头皮屑飞舞到

---

[1] 在日本常用的面积单位,通常指一张榻榻米的面积,约1.62平方米。——编者注。如无特殊说明,以下均为编者注。

了桌上。

"您陈述的内容和现场的情况存在一些出入，我们只是想搞清楚其中缘由罢了。"

"我也不知道究竟发生什么了好不好！"

秀悟一拳捶到桌上，一声闷响在狭小的房间里回荡。

"请您冷静一下，您在那次事件中头部遭受重创，所以才会出现记忆模糊的症状，不是吗？"

在警察的安抚下，秀悟陷入了沉默。他原本十分确信自己的记忆并没有出错，可在警方反复的讯问之下，这份自信正缓慢却又切实地减弱着。

那晚如噩梦一般的经历之中，究竟哪部分才是现实？

头痛发作起来，他抱着头，发出呻吟声。

"您没事吧？"

金本问道，但语气却显得满不在乎。

还不都是被你们这群家伙逼的！秀悟眼神中含着恨意，扫向金本。

"总之呢，请您把那晚发生的事情再详细说一遍吧？说不定在讲述过程中又能想起什么来呢。"

金本抚着长出醒目胡青的下巴。秀悟咬住嘴唇，幅度极小地收起下巴点了点头。

距那一晚仅过去三天而已,可他却感觉已经是很久以前的事了。

"那晚我值班,所以开车去了田所医院。"

他垂下眼帘,徐徐讲述起来。整个意识,都缓缓融入记忆的海洋。

小丑丑恶的笑脸浮现在他的脑海。

第一章

小丑之夜

1

速水秀悟转动车钥匙熄了火,叼上一根烟,掏出自己从二十岁起就用惯了的Zippo打火机点燃烟,先将烟雾满满吸入肺中,再从嘴巴里缓缓喷出。

他也想过要戒烟,可是作为外科医生,工作如此忙碌,他实在戒不掉这种用尼古丁稀释压力的恶习。

秀悟低头看了一眼手表,晚上七点四十。接下来他要在这里值十多个小时的班,医院里当然禁止抽烟,所以必须趁现在补充一下尼古丁才行。

秀悟在车里抽了几分钟的香烟,一走出车外,他就打了个哆嗦。十一月的晚风吹过医院背后的停车场,无情地掠夺着他的体温。

他慌忙合上衣服前襟，抬起头看向眼前这栋建了有些年头的五层建筑。田所医院，这儿就是他今晚要值班的地方。

这医院还是老样子，怪瘆人的。秀悟口中呼出白色雾气，迈步向前走去。

经由就职同一家医院的前辈介绍，速水秀悟每周都会来这家位于狛江市郊外的疗养型医院兼职值一次夜班。这类兼职基本就是在值班室里待着，也就是所谓"歇着就能拿值班费"的类型。这份兼职工资丰厚，所以从去年起他就转成固定排班了。不过，今天原本不是秀悟当值的日子。

"抱歉，我负责的那个病人病情突然恶化了，现在脱不开身。今天能不能代我去田所医院值个班？"

大约一小时前，为自己介绍了这份兼职的泌尿科前辈通过院内PHS联系了秀悟。其实转天一大早有一场外科部长主刀的胰头十二指肠切除手术，秀悟是第一助手。说实话，他原本是想在家里好好休息一下的。可是前辈和他毕业于同一所医大，从学生时代起就或多或少地照顾过他，他实在不好拒绝前辈的请求，这才开着爱车来到了田所医院。

秀悟一边绕到医院后门，一边抬眼向上看。从二楼再往上的窗户都镶着带有醒目锈痕的铁栅栏。听说这家医院原本是一家精神病院,铁栅栏就是那时候安装的。每每看见眼前光景,秀悟总会联想起监狱。

走到后门,秀悟正准备在门旁的电子锁上按下密码,可就在此时,一个体形魁梧的年轻男人开门走了出来。他们见过几次,对方应该是这家医院的员工,正准备下班回家。

"欸?呃……速水医生?今天是您值班?"

男人看到他,顿时惊讶地瞪圆了眼。

"小堺医生有点急事来不了,我临时帮他顶个班。"

秀悟说着耸了耸肩。

"哦,这样啊……您辛苦了,那值班加油哦。"

"谢啦。"

秀悟从男人推开的大门缝隙里溜进去,打完卡就进入了医院。一楼的接待处和手术室这些区域都已经关掉了照明设备,只有应急灯幽幽泛着绿光。秀悟环视了一眼空荡荡的接待处,随后立刻向一旁的楼梯走去。

楼梯入口处设了一道厚重的铁栅栏门。他虽从未见这扇门关过，但猜测在此处还是精神病院的时候，院方恐怕就是靠这扇大门关住患者，不让他们离开这栋建筑的吧。

秀悟一路向楼上走去。医生值班室在二楼，但他得先去趟三楼，告知那边值夜班的护士自己已经来了。

靠近三楼时，他看到日光灯的白色灯光照亮了原本幽暗的楼梯。那光亮是从楼梯旁边的护士站发出来的。

"打扰了。"

他探头看向护士站，可连护士的影子都没看到。难道是去病房了？秀悟搔了搔太阳穴，向着和一楼如出一辙的幽暗走廊深处走去。

一阵若有若无的屎尿臭味飘了过来，还夹杂着消毒液的气味。秀悟皱起眉，抬手掩住鼻子看了一眼病房。一间病房内并排摆放了四张床，一半的床前没拉帘子，病人就明晃晃地躺在床上。

看到黑暗之中瘦弱的患者身形，秀悟眉头皱得更紧了。

这儿是一家疗养型医院，和大学医院那类急性治疗医院不同，来住院的大多是病情已经相对稳定，却又不能中断治疗的病人。因此，这儿大部分都是因脑出血或衰老导致长期卧床或处于类似状态的患者，而且他们大多意识不清。

这家医院还有一个特征，就是住院的病人大多孑然一身。多数疗养型医院会对无依无靠的病人敬而远之，但田所医院倒是很积极地接收着此类病人。

从比较善意的角度理解，这家医院算是对那些很难住院的孤寡患者伸出了援手。但秀悟看得出此事其实另有内幕。

既然来的净是些无依无靠的病人，那院方就不会因为发生什么事而遭受病人家属的抱怨或投诉。而且，医疗费用的一大部分还能公费解决，稍微过度医疗那么一下也不必担心被拆穿。想到这儿，秀悟轻轻摇了摇头，将视线从病人身上挪开，转头继续在走廊前进。

把八间病房都看了一圈，依然没有找到护士。秀悟最终走到走廊尽头的电梯前，忍不住疑惑地歪头思索。

要不干脆去趟四楼？这家医院的三楼和四楼结构相同，两层楼都有护士站，晚上每层各有一位护士值班。

正当他抬手准备按下电梯按钮时,视野一隅掠过一个人影,从楼梯闪进了护士站。秀悟加快脚步走过走廊,再一次回到护士站查看情况。只见一位中年护士正从文件架里取着病历。

"晚上好。"

秀悟主动搭话。闻声,护士那丰满的身子转向秀悟。他认识这个护士,两人见过几面。对方紧绷的白衣前胸挂着名牌,上面写着"东野良子"几个字。

"哎呀,这不是速水医生吗?您怎么来了?今天可是星期四哦。"

东野浮肿的双眼一时大睁。

"小堺医生实在腾不开时间,我就过来替他值个班。多关照了。"

"哦,原来是这样,我才得要您多关照啦。"

"有状态不好,需要接受诊察的患者吗?"

"没有,这一层和四层的情况都很稳定。您也放松点就好。"

"好的,我就在医生值班室,有任何需要请随时喊我。"

说罢,秀悟就下到了二楼,横穿过一间相当大的房间。房间左右两侧摆着的病床和透析机被应急灯的光亮勾勒出模糊的轮廓。据说田所医院从早晨到傍晚时分都会为外来就诊的病人提供血液透析治疗。

秀悟突然打了个寒战。二楼和开着空调的三楼不同，有些寒冷。这个房间太大了，加之还有好几扇大窗户，所以室内外几乎没有温差。仔细观察，会发现房间里到处都摆着老旧的石油暖炉。看样子，白天光靠空调可能也无法让这么大的屋子暖和起来。

他穿过透析室，打开房间深处的一扇门，又走过一条较短的走廊，就来到了员工用的洗手间和医生值班室的大门前。

秀悟走进值班室，按亮日光灯，整个房间顿时亮起了苍白的灯光。

医生值班室有六叠大小，屋内布置简单。只有简易床铺、柜子、小桌和一台电视。秀悟脱掉外套，搭在椅背上，然后没有脱鞋就在床上躺了下来。

平时值班他大多会带些小说或医学杂志过来消磨时间，但今天事出突然，没来得及准备这些。无奈，秀悟只好打开电视。这电视是显像管式的，有些年头了。过了几秒，屏幕才缓缓显出影像。

秀悟就那么躺在床上看起了新闻节目。地方城市发生了杀人案，遥远的海外发生了大规模示威游行，股票价格预测，天气预报，职业棒球比赛结果……他有一搭没一搭地听着各种信息，左耳进右耳出，就在这时，不知何处突然传来一声爆响。

秀悟原本已经睡眼蒙眬，听到声音后猛地坐起了身。是车子的轮胎爆了？但那声音听上去像是从很近的地方发出来的。

秀悟又竖起耳朵听了几秒钟，但没再听到第二声爆响。他看向墙上的挂钟，不知不觉间已经过了晚上九点。

差不多该换衣服了……想到这儿，秀悟站起身，从柜子里找出值班时拿来当睡衣穿的手术服。

脱掉polo衫、牛仔裤，换上一身手术服的秀悟再度躺回到床上，闭上了眼。白日里过于沉重的工作负担令他的大脑疲惫不堪，所以眼下虽然时候尚早，他却已经开始打瞌睡了。

意识就这样在一片混沌之中漂浮。突然，一阵唐突又尖厉的铃声响起，硬将他那沉于一片混沌的意识打捞上来。秀悟睁眼皱眉，瞪视枕边那部正歇斯底里尖啸着的内线电话。

不是说患者都很稳定吗？他一边在心中抱怨，

一边伸手拿起电话听筒。

"我是速水。"

"我是东野。非常抱歉,能请您来一趟吗?"

她的声音压得很低,秀悟感觉到了事态的严重性。是不是有病人病情突然恶化?

"我马上就去,是三楼还是四楼?"

"是一楼。"东野悄声回答。

"一楼?"

"没错,一楼,请您马上过来,快!"

东野的语气十分焦急。

"知道了,我这就去。"

秀悟回答,随即挂断了电话。

难道是病人从楼梯上滚下去了?不管怎么说,肯定得赶快过去才行。秀悟从柜子里找出白衣,一边披上身一边冲出医生值班室。他快速穿过黑漆漆的透析室,沿楼梯下到一楼,从楼梯平台处一拐弯,就看到一楼站着两名护士。一人是东野,另一人身形清瘦,大约三十岁。他也和这个护士打过几次照面,记得她姓"佐佐木"。

"怎么了?"

秀悟一边冲下楼梯一边问道。目之所及,没看到有病人倒在地上。

东野缓缓地抬起手,伸出食指。秀悟沿着她手指的方向看去。

"啊?"

他从嗓子眼里挤出一声呆傻的轻呼。

在摆了大约十张沙发的接待处一角,一个男人伫立在阴影之中。秀悟的视线瞬间被男人的头部吸引了。因为他的头上戴着一个橡胶制的小丑面具,模样极其诡异。

小丑巨大的嘴唇涂得血红,两边唇角高高向上勾起。眼睛像熊猫一样涂黑,鼻子好似一个红色的高尔夫球。一切细节,都能诱发人类内心最本能的恐惧。

秀悟搞不清这是什么情况,还愣愣地站在原地。

"你是医生?"

面具那巨大双唇正中间的位置翕动着,发出低哑沉闷的声音。看样子只有这里和双目的位置开了洞。

"啊,是……"思维陷入混乱的秀悟点了点头。

"那你治疗一下这家伙吧。"

小丑指了指自己脚下。原本紧盯着小丑面具的秀悟也跟随他的手指低头看过去，待看清眼前的一幕，秀悟顿时惊得屏住了呼吸。只见小丑脚边倒着一个年轻女人，好似虾米一样紧紧弓着的身子在不住地颤抖。隔着这么远的距离，秀悟都能看清她因疼痛而扭曲的表情。

身为医生的本能驱使秀悟奔向倒在两张沙发之间的女人。

"你还好吗！"

秀悟跪下询问她。女人按着肚子，无力地抬起了头。她很年轻。看模样只有二十岁上下。一双细长清秀的眼睛抹了眼影，鼻梁窄而高挺，唇上涂着颜色浓郁的口红。她的妆容虽有些厚重，但面容却十分端丽。不过此时此刻，这张平日里应是魅力十足的面庞正痛苦地僵硬着、痉挛着。

"我的肚子……"

女人颤抖的双唇微微张开，声音沙哑地说。

"腹部疼痛，是吗？"

秀悟向女人那被毛衣包裹的腹部伸出手，想为她看诊。可瞬间，他的手掌就触碰到了什么黏稠的、温乎乎的东西。他垂眼看向自己的手，发现掌心沾满了黏糊糊的红色液体。

血?她在流血,而且出血量很大。

"怎么流了这么多血……"

秀悟喃喃道。与此同时,某个硬物抵住了他的额头。

"是我用这个打的哦。"

小丑用一把做工粗糙的左轮手枪抵住了他的脑袋,愉快地说道。

应急灯那朦胧的淡绿色光芒,照亮了小丑恶毒的笑脸。

2

"快呀,快把这女人治好啊,大夫,这儿不是医院吗?"

小丑的手枪仍旧指着他,于是秀悟问道:

"是你开的枪吗?"

秀悟一边问一边徐徐吐着气息,拼命稳住自己已经开始慌乱的心神。

"刚刚不都说了是我打的吗?"

小丑用鼻子哼出一声,随意抬脚轻踢女人的身体,女人痛苦地叫出了声。

"住手!"

秀悟挡在女人身前试图护住她,小丑则带着些调侃意味地悠然晃动着手枪道:

"哟,你挺英勇嘛,要为正义而战是吗?得了吧,赶紧给我治好她!"

秀悟警惕着小丑的行动,伸手摸了摸女人的手腕,能准确地摸到脉搏。虽然乍看之下流了很多血,但至少还没有引发出血性休克。不过,得马上给她做手术才行。

"得把她运到手术室去,快把担架抬来!"

秀悟转过身,向彼此依偎着站在不远处的东野和佐佐木道,可这两个人一动都没动。

"快啊!"

秀悟焦躁地发出一声中气十足的怒吼,东野的身体被震得猛一哆嗦,被迫犹犹豫豫地向接待处深处走去。

"喂,等等。"

小丑突然嘟哝道。此时东野正准备迈步出去,整个人维持着欲走的动作,好似鬼压床一样僵在了原地。

"你该不会是想趁机逃跑吧?"

听到小丑这句充满威胁的话,东野大力地左右摇起头,脖子上的赘肉都在剧烈哆嗦。

"我只是请她去拿一下担架,是为了把这个人送进手术室！"

"不行！"

小丑用两个字断然顶回了秀悟的反驳。

"你来搬她！"

秀悟脸颊抽搐，低头看着女人。她身形极其单薄，要搬应该也能搬得动，只不过这样做有可能会增加出血量……

"救救我……"女人唇间再度发出沙哑的求救声。

没办法了。秀悟下定决心，向女人后背和膝盖里侧伸出双手。

"很抱歉，这样你可能会有点痛。"

秀悟说着，同时使出全身的力量，一鼓作气将她抱了起来。女人不禁发出一声痛苦的呻吟。

"我带她去手术室，请为我带路。"

秀悟回头对两名护士说。他之前听说这家医院的一楼有一间小型手术室。

两名护士有些迟疑地走进接待处里面，走到了位于尽头的那扇铁门前。随后，东野从白衣口袋里掏出一串钥匙，找出其中一把插进锁孔。伴随一阵吱嘎的摩擦声，大门被打开了。东野战战兢兢地按下墙上的开关，点亮了室内的日光灯。眼前出现了一条长度约十米的走廊。

秀悟转过身,看着站在他身后的小丑。在日光灯的照耀下,他的身形清晰无比。这男人个子很高,比一米七五的秀悟高出了一大截。隔着T恤也能看出此人肌肉十分发达。

"喂喂,我说大夫,你在看什么呢?"

小丑那巨大嘴唇中间露出的真正双唇动了起来。

"赶快把这女人带进去治疗。你给我听好,如果这女人死了,我就把你们所有人都崩了!"

小丑的枪口依次从秀悟挪向两个护士。佐佐木那苍白的嘴唇哆嗦着发出一声恐惧的叫声。

"知道了。"

秀悟抱着女人,沿着走廊向前走。他很想知道这小丑究竟是谁,也想知道他究竟有什么目的,但还是决定先帮怀里的人做手术。

走廊尽头的左侧有一扇铁制的自动门,门上还开了一扇很小的窗户,估计那儿就是手术室了。秀悟迈步向那扇门走去,感觉自己的手臂也被女人腹部溢出的血液打湿了。

贴了瓷砖的走廊一侧墙边摆着心电图机、堆成山的纸箱子,还有用旧的白板,简直就像个杂物间。

这片区域本来应该保持充分的清洁，结果竟然脏乱成这样，估计手术室里头也好不到哪儿去吧。不过，眼下已经不是挑三拣四的时候了。

秀悟从手指消毒用的洗脸池旁径直走过，踩下了脚踏开关。铁制的自动门缓缓打开。与此同时，手术室内也亮起了光。

"欸？"

秀悟当场愣住了。

按他原本的预想，这手术室应是又破又旧，很少被使用。可他没想到，门里和门外是迥然不同的空间。

油地毡制的地面和墙面光洁明亮，墙边架子上备着充足的点滴液和药剂。不知为何，屋内摆了两张手术台，头板位置都摆有新型的麻醉器械。这儿简直就像大学医院里最先进的手术室一般。

这么老旧的一家疗养型医院中，为什么会存在如此设备齐全的手术室？秀悟呆住了，还是臂弯中女人发出的痛苦呜咽将他拉回到了现实。

眼下不是吃惊的时候，得马上为她做手术。秀悟靠近手术台边，让女人瘦弱的身体横躺在手术台上。

"给我剪刀!"

秀悟对那两名护士道。

东野从架子上取出外科手术用的组织剪,递给了秀悟。

"马上进行静脉注射,把生理盐水开到最大滴速!"

秀悟接过剪刀,同时对东野下达指令。

东野表情严峻地点了点头,高声对愣在房间门口的佐佐木斥道:

"你也赶紧动起来啊!"

于是佐佐木也微微哆嗦着,缓缓靠近手术台边。

"我要剪开衣服了。"

秀悟没有等女人回应就用剪刀的刀刃夹住满是血污的毛衣,一口气连同毛衣里面的T恤也一并剪开。女人雪白的皮肤和淡粉色的内衣显露在日光灯之下,她条件反射一般想要抬手挡住胸口,可东野大喝一声:"马上给你打点滴,手不要动!"女人的表情顿时僵住。

秀悟打开从天花板垂下来的无影灯,又将女人穿着的长裙下移了几厘米,于是伤口便在刺眼的灯光之下显露了出来。

女人左上腹有一道倾斜的伤口，长约十五厘米。此时伤口还在溢着鲜血。这恐怕就是那道枪击伤了。

看到这触目惊心的伤口，秀悟不由得皱起了眉，与此同时他又感到一阵心安。看样子，这子弹虽然穿透了皮肤和其下的脂肪以及肌肉层，但似乎尚未到达腹腔。

如此看来，应该不必打开腹腔，只需做一个局麻，处理好伤口即可。

"能治好吗？"

有人在他背后问，秀悟转过头，看到小丑就在入口附近，后背倚着墙面。

"嗯，应该没问题的。"

秀悟点点头，随即指示身边手足无措的佐佐木：

"把无菌纱布拿来。"

"应该？不行，我要听的是绝对没问题这几个字。否则我就当场把你们所有人都崩了，你给我拼了命地去治！"

秀悟看见那小丑在自己视野角落挥动着手里的枪，他伸手接过佐佐木拿来的纱布，按在伤口上，随后进行按压。女人忍不住低声惨叫起来。

"可能会有点痛，请稍微忍一下，我一定会把你治好的。"

听到秀悟这样讲,女人漂亮的面庞虽扭曲着,但还是微微点了点头。

"你能说出自己的名字吗?"

秀悟想尽量转移她在疼痛上的注意力,于是继续和她攀谈。

"爱美……川崎爱美。爱情的爱,美丽的美……"

女人小声回答。

"爱美小姐,你知道那个戴小丑面具的是谁吗?你们认识吗?"

爱美无力地轻摇了摇头。

"我不认识,我正要进便利店就突然被袭击了……我本来想逃,可是……"

或许是想起了当时的场景,爱美的身体哆嗦起来。

"医生,点滴准备好了。"

东野压低声音向秀悟报告。

"从侧管加抗生素进去,还有,请准备好缝合和局麻工具。"

接收到秀悟的指示,东野点了点头。真不愧是专业老手,她已经恢复了镇定。相对的,一旁的佐佐木却努力想要躲进麻醉器械的阴影中，浑身还不停哆嗦着。

"我马上就能准备妥当，可是……之后怎么办？"

东野把声音压得更低了一些。

"至少现在还是先遵从那个男人的指令吧。"

秀悟一边警惕着小丑的反应，一边回答。

"喂！你们在那儿嘀嘀咕咕地干什么呢？"

小丑语气烦躁，边说边向他们走来。

"我在下达指令，让护士帮我拿治疗用的工具。"

"呵，嘴上这么说，该不会是在琢磨着如何报警吧？"

"我不会那么做，相信我。"

为了尽量不刺激这个小丑，秀悟有意放缓语气回答道。

"谁知道呢？你敢报警试试看，我不会让你们活着走出这家医院的。"

"知道了，不过你能不能跟我讲一下大致的情况？我现在完全搞不清楚状况，根本没法好好为伤者治疗。"

"情况？你想知道发生了什么？行，那我就告诉你好了。"

小丑兴致盎然地说着,从外衣口袋里掏出手机,开始操作起来。

这家伙究竟要做什么?秀悟皱起眉。只见那男人得意扬扬地举起了手机。

眼前的液晶屏幕开始播放起一段视频,小丑用的似乎是移动端的电视频道。视频中正在播报一则新闻,单手拿麦克风的女主播情绪略有些激动地站在镜头前讲解道:

"……再重复一遍,就在刚刚的二十点三十分左右发生一起案件,一名男子闯入调布市某便利店内,用疑似手枪的武器射击并抢劫店内金钱。此人头戴面具,有消息称该男子逃走时还绑走了一名女性。警方已派出大量搜查员搜寻该男子去向,目前暂未发现其行踪。宁静祥和的住宅区内发生这样一起枪击事件,这个夜晚对于周边居民来说是相当不安的……"

看到这儿,小丑按灭了屏幕,主播的报道也应声中断。手术室内陷入一片沉默,安静得可怕。

小丑戏谑地耸耸肩。

"有点搞砸了,总之呢,先让我在这儿躲一会儿吧。"

秀悟扯动着尼龙线，计划将白皙皮肤上绽开的伤口缝合起来。他一边打着外科结，一边重重叹了口气，用剪刀将多余的手术线剪断。

他们已经在这间手术室待了近一个小时了。在此期间，秀悟为爱美的伤口做了局麻，去除掉因枪击而坏死的组织后开始缝合。

倘若只需要缝合皮肤，那花个几分钟就能完成。但秀悟还用细细的手术线为病人做了皮下缝合，想尽可能地把伤口缝得整齐一些。这样做一方面是因为受伤的是位年轻女性，一方面也是因为他想再多拖延些时间，思考一下接下来该怎么办。

秀悟一边手执持针器穿针引线，一边侧目瞟着小丑。小丑还靠在入口附近的墙边，一直监视着他这边。因为他的面具上画着一个扭曲的笑脸，看不到真正的表情，所以令人毛骨悚然。

"喂，你还有闲工夫看我？你确定能救得了她吧？"

"没问题的，再有个五分钟我就处理完了。"

听秀悟这么说，那小丑似乎放下心来，舒了口气。

"本来没想打她那一枪的。可是我一走出便利店店员好像就报警了,我听到远远地有警车的声音。所以,为以防万一我就绑了刚好路过的这个女人做人质。没想到这家伙突然尖叫起来,还挣扎个不停,所以我就没多想,给了她一枪。"

听完小丑的解释,秀悟再度皱起眉。对方这一系列行为也太草率了。

"然后这个女的就肚子流血倒在地上了,我就急忙把她塞进车里去找医院。她要是死了,我不就成杀人犯了吗?万一被条子逮到,搞不好我会被判死刑。真的是,好不容易才搞到点钱,结果又出娄子……"

小丑一边说着,一边无比焦躁地咂着嘴。看他这副模样,秀悟抿紧了嘴巴。这个男人行为如此随意,根本无法预测他接下来会干出什么事。

"喂喂!我凭什么跟你说这个啊?好了,赶快治好她!"

小丑似乎突然反应过来,补了这么一句。秀悟点点头,再度将注意力转向伤口,继续缝合工作。

"请问……我会留疤吗?"

爱美躺在手术台上,胸口罩着绿色无菌布,语气十分不安。秀悟将视线从眼前的伤口转向爱美的脸,一瞬间,他的双目忍不住微微睁大。

因为这一系列状况太过异常,他一直没什么余力关注其他事。此时他才发现,在无影灯光亮之下的爱美面庞美得惊人,此时她的表情还显露出似乎轻轻触碰就会坏掉的破碎感,顿时激发起了秀悟的保护欲。

见爱美那双深琥珀色的眼睛微微含泪,秀悟顿时产生一种仿佛要被那眼眸吸进去的错觉。

"呃……啊,没事的。我尽量给你缝合整齐,这样就基本看不出来了。"

听到秀悟这句保证,爱美的脸上盈起好似花朵绽放一般的微笑,这笑容简直让整个房间都瞬间明亮了起来。不知她是否喷了香水,秀悟感觉有一股淡淡的蔷薇香味钻进鼻腔。他轻轻摇摇头,逼自己投入缝合的工作中。

秀悟又花了几分钟将伤口缝合完毕,他接过东野递来的无菌纱布,放在伤口上,再用医用胶带固定好。

"结束了,试试看能坐起来吗?"

秀悟揭开无菌布问她。爱美有些战战兢兢地缓缓起身,瞬间,她那美丽的面庞就因吃痛而扭曲起来，费了点工夫才勉强在手术台边坐稳。东野注意到爱美有些害羞地捂着露出内衣的上半身，于是从架子那边拿了一套偏长的病号服为她披上。

"我们就只有这种衣服了。"

"谢谢您。"

爱美一边道谢，一边抬起胳膊穿过袖管。

秀悟将手中拿着的持针器和镊子放回到工具台上，再度转向小丑。

"我按照你的要求治好了她，你在这家医院应该没别的需求了吧？那么请你离开。"

他小心注意着不让自己的紧张情绪显露出来，故意用毫无起伏的语调说道。

"哦，你确实帮大忙了。不过呢，我现在还不能离开。"

小丑挥动着手里那支枪。

"为什么啊？我们都已经按照你说的做了啊！"

此前一直躲在麻醉器械阴影里的佐佐木突然走上前来，发出歇斯底里的抗议。下一个瞬间，小丑猛地把手枪对准了佐佐木。佐佐木发出一声压抑的惨叫，抱着脑袋当场跌坐在地。

"这位小姐，别喊那么大声啊，想被我打死是吗？"

小丑劈头盖脸地骂道，佐佐木则紧紧蜷着身子，好似缩成球的潮虫。

"不好意思，我向你道歉，请你冷静一下。如果可以的话，能告诉我你为什么还不能走吗？我们会尽量按你的要求去做的。"

秀悟慌忙说道。只见站在入口处的小丑把视线从佐佐木身上转回到了秀悟这边。

"喂，你这家伙，是不是把我当成傻子了？我前脚走出这家医院，你们一定后脚马上报警不是吗？"

"我们不会这么做的！"

此前一直沉默的东野突然开口。

"如果你担心我们报警，可以把我们的手机都收走，还可以剪断电话线。"

"好啊，走的时候我会这么做的。不过呢，我至少要在这儿待到早上。因为晚上外头到处都是警察。我就只能在这儿打扰一晚喽。"

小丑的语气十分轻佻，秀悟咬住了嘴唇。

"喂喂，表情干吗那么严肃啊。我就只住一晚而已。只要你们不要什么奇怪的花招，我就不会伤害你们。所以，咱们就友好相处呗。"

说罢，小丑发出了闷闷的笑声。正在这时，秀悟突然发现小丑背后的走廊上好像站着一个人。

他急忙凝神细看，虽然小丑站着的入口附近是一片阴影，看不真切，但走廊深处确实还站着一个人。究竟是谁？从理论上讲，现在这医院里应该只有他和两名护士，共计三名员工才对啊。该不会是住院的病人迷了路，找到这儿来了吧？可是，这家医院能下床走动的病人其实非常少……

只见那个人影缓慢但坚定地向着手术室这边靠近，终于，秀悟看清了对方的模样，他不由得睁圆眼睛，同时拼了命地把一声惊呼压回喉底。他认识这个人。对方穿着白衣，头秃得很彻底。这个中年男人就是这家医院的院长，田所三郎。

院长为什么会出现在医院里？平时他都是在值班医生抵达前就回家了。至今为止秀悟也仅见过院长寥寥几面而已。他该不会是今天恰好留在院内，并且也注意到了手术室的异常事态吧？

只见田所表情紧绷着，一步一步靠近。很快，秀悟发现他手里竟还握着一根高尔夫球杆，眼睛不由得睁得更圆了。此刻的小丑正一副调笑模样看着秀悟他们，似乎根本没注意到背后的田所。院长就这样一步一步靠近了手术室入口，照这个距离推测，只要他此时奋力挥出手中的高尔夫球杆，一定能打中小丑那罩着面具的脑袋。

挥杆啊，快挥杆啊！秀悟内心大喊着，双手紧握。只见田所紧咬牙关，猛地挥出球杆。

下一个瞬间，一声几乎震破鼓膜的巨大响声在手术室炸开，令空气都为之颤动。秀悟条件反射般捂住耳朵，咬紧了嘴唇。

就在球杆挥下的那一刻，小丑猛然转身，对着田所开出了一枪。

球杆应声落地，田所不成样子地惨叫着捂住右脚，当场倒下。

"什么东西，想跟我闹着玩吗？"

小丑俯视着匍匐在地的田所，手中那冒着青烟的枪这一次指向了田所的头部。

"你是谁啊？"

"这家医院的院长。"

田所从紧锁的牙缝里费力挤出这几个字。

"院长？哦，你想靠自己来守卫这家医院是吗？哎哟，那挺伟大的。不过呢，既然你是院长，那就也是医生喽。一个医生挥着高尔夫球杆敲别人脑袋，你知道是什么后果吧？"

小丑的手指按在了扳机上，田所那张生着赘肉的脸在恐惧之下扭曲着。

"被那种玩意儿敲一记是会出人命的啊！"

"住手！"

眼看着小丑那勾着扳机的手指徐徐施力，秀悟几乎是下意识地喊出了声。

"啊？"

小丑发出一声危险的怒喝，视线和枪口都转向秀悟。

"我好不容易才把这个人救下来，让你免于成为杀人犯，要是你现在又冲院长开枪，那之前的努力不就白费了吗！"

秀悟尖声喊道。

"说什么呢，这家伙可是要杀了我，所以就算我杀了他，这也算是……那叫什么来着，正当防卫，对吧？"

"这种情况下正当防卫是不成立的。如果你杀了他，被捕后一定会被判死刑的。"

秀悟略有些自暴自弃地继续道。这番说辞能否劝动这个男人，他没有自信。

"你说的，是真的吗？"

小丑显出了片刻胆怯，而这转瞬即逝的情绪，秀悟并没有错过。

"钱！"

"啊？你这家伙，说什么呢？"

小丑愕然看着如此大喝了一声的秀悟。

"你不是为了钱才去抢便利店的吗？接待处里应该会有些钱，只有院长知道钱放哪儿了。所以你不能杀了他！"

秀悟一口气喊完这一大段话，大口喘息着，等待小丑接下来的举动。

几秒钟的沉默，小丑那面具之下露出的一小片嘴唇，缓缓弯起，摆出了一个微笑的形状。

"哦，哦哦，不错啊，金额不少呢。"

小丑手里捏着十余张纸币，语气十分快活。

秀悟他们几个被小丑催促着从手术室走到接待处。院长虽负枪伤，不过似乎只是被子弹擦破了皮，所以还能拖着脚向前移动。刚刚还黑漆漆的接待处，现在已经被日光灯的光芒填满。

几分钟前，小丑要求秀悟他们坐到沙发上，随后命令院长去取钱。院长僵着一张脸，从接待处的前台里取出了一个手提式的保险柜,打开柜门上挂着的那把看上去相当牢固的锁头,将里面的现金递给了小丑。

"哈哈哈,早知道你们这么有钱,我直接来你们医院抢就好了。"

小丑大悦,把纸币一股脑儿塞进了牛仔裤口袋。

"钱已经给你了,可以了吧?快从我的医院离开!"田所低吼道。

"别担心嘛,到了早上我自然会离开的。"

"早上五点,给患者送早饭食材的工作人员和厨师就都来了。到时候他们一旦发现异常,肯定会报警的。"

听到田所这番话,刚刚还十分雀跃的小丑顿时绷紧了唇角。

"五点是吗……"

小丑低声咕哝道。

"好,五点我就离开。但是你们几个,可不许提前逃跑或者报警哦。"

"明白了。那你也答应我,不可以伤害我们还有我医院的病人们。"

"哦,好啊。我本来也没有很想杀人。钱到手了就行，不过……"

小丑带着威胁的眼神扫向秀悟他们。

"我可是死都不愿意去蹲监狱的。要是你们报了警，警察把我包围了，或者你们之中有人偷偷逃跑了，那我就把你们所有人，包括住院的病人通通杀光，再去自杀。"

听到这儿，蜷缩在沙发上的佐佐木发出一声低低的悲鸣。

秀悟感觉自己的白衣被人扯了扯。他低头一看，发现坐在旁边的爱美正脸色苍白地抓紧自己的袖子。

"没事的，没事的。"

秀悟用平静的语气安抚道。爱美依旧表情紧张，但还是点了点头。

"你的要求我们都接受。我的工作也并不是逮捕你，而是要确保我院病人和员工们的安全。所以我们的利害关系一致，你大可放心。"

面对小丑，田所斩钉截铁地说出了这番话，看上去相当可靠。

"可不许背叛我哦，院长先生。"

小丑将手枪举到脸边，语气轻佻。交涉成立，眼下的安全得到了保障，原本紧绷的气氛也稍稍有了缓和。

在接下来的不到七个小时之中，如果无事发生，小丑离开，一切就又回归日常了。秀悟观察了一下坐在自己视野一隅的佐佐木。他最担心的就是她。佐佐木的精神状态似乎已经被逼到了绝境，她真的能扛过这七个小时吗？

"不过，我有一事相求。"

田所很突然地提高了嗓门。

"你要干什么啊，院长？"

小丑晃着那只拿着枪的手。

"可以的话，能不能允许两名护士去楼上查房？这家医院里住了大量无法翻身的病人。这些病人每隔几个小时就需要换换姿势，不然会生褥疮的。"

"喂喂，我说院长啊，你知不知道自己现在什么处境？一晚上不管无所谓的吧。"

"褥疮可是一夜之间就会长出来的。有时候一些病人还会因为生褥疮引发感染，生命垂危……"

"什么玩意儿，麻烦死了！"

小丑大声咂嘴，随后缓缓环视接待处一周。

"那是什么东西？"

小丑伸手指着楼梯上安装的铁栅栏。

"那是铁栅栏,这里以前做精神病院的时候用得到。"

"原来是这样,精神病院,怪不得窗子上也装了铁栅栏呢……对了,这医院里的上下路径只有那边的电梯还有楼梯是吗?"

"没错。"

听到了院长的回答,小丑鼻子里哼了一声道:

"好,那我想好了。你们几个,就去楼上乖乖待着吧。"

"什么意思?"

院长问。只见小丑伸手拿起了保险柜上的锁。

"你们去楼上,我会把这道铁门锁上。这样一来,我只需要守着这个电梯就好了。你们就去楼上爱干什么干什么吧。我在一楼监视,不会让你们乘电梯跑掉的。"

"那要是我们之中有人坐电梯下来了呢?"

秀悟下意识地脱口而出。

"后果如何,我不说你也猜得到吧?"

小丑举起枪显摆着。

"如果敢下一楼,逃跑或者报警,那么无论是你们,还是那些住院病人,通通都会丧命。"

或许是因为得意,小丑说起话来流利了许多。

"到早上五点你们就自由了。我会在五点前离开这家医院的。"

小丑说罢,摆出一个好似做戏一般的夸张姿态,耸了耸肩。

3

"我认为应该报警。"

秀悟压低声音说。话音一落,田所便眼神锐利地扫视过来。

他们五个人按照小丑的要求走上二楼,拿椅子在透析室正中间摆成一个圈,开始商量接下来的行动计划。

"不行!一旦报警,不单我们,就连病人们也会遭殃的。"

田所语气坚决。东野和佐佐木也紧跟着点了点头,看上去态度和院长相同。

"可是光这么干等着,也不能保证我们就一定是安全的啊。万一那个男人在离开前把我们斩尽杀绝呢？"

秀悟果断摇头否定。

"有什么必要非得那么做？杀了我们，那个小丑得不到任何好处啊？"

田所的语气开始焦躁起来。

"理论上讲的确是没什么好处，但我的意思是，我们根本摸不清那个男人的行为。他去抢劫，还枪击路过的女性，甚至绑架她，因为不知如何处理所以把她拉到医院……这男人做事根本不考虑任何后果！"

秀悟一番话说完，院长表情纠结地沉默了。东野、佐佐木还有爱美都是一脸的不安，一道看向对峙着的秀悟和田所。

"现在一楼只有那个男人而已，如果警方派出特殊部队，肯定能趁他不备接近并压制住他。我觉得这样做才更安全。"

秀悟穷追猛打道，田所猛摇着他那半秃的脑袋，被光照得锃亮的头皮已经被挠出了一道道红印。

"速水医生，我觉得你的这个推测未免太过乐观了吧？万一那家伙发现自己被警察包围，他也有可能自暴自弃地开始屠杀我们和病人们啊……"

这一次，换作秀悟语塞了。

"速水医生，这家医院的院长是我。很抱歉，但希望你能听从我的指示。"

"现在不是讨论院长是谁的时候……"

"那就少数服从多数吧。"

田所的声音盖过了秀悟的解释。

"有谁赞成我的意见？"

几秒的沉默后，东野和佐佐木迟疑着举起了手。爱美蜷缩着身子，看看秀悟，又看看田所。

"嗯，记得您是川崎女士对吧？请问您是赞成速水医生吗？"

田所柔声询问着爱美。爱美垂着头，弱弱地摇摇脑袋。

"我……我不知道。我莫名其妙地被卷进来，现在脑子很乱……我，我只想早点回家……"

爱美的声音轻如蚊呐。田所一脸同情地缓缓点点头，再度看向秀悟：

"赞成者三人，反对者一人，弃权者一人。出于民主你也得听从我的意见了，速水医生。眼下这种情况，我们万一出现内讧可就危险了。"

还真够民主的。秀悟在心里暗暗唾弃。明明从一开始就知道那两个护士会跟票,所以才选择了这种方式。

"既然如此,那么不好意思了,速水医生。以防万一,请你把手机给我。"

"没必要做到这种程度吧?"

秀悟皱起眉。

"都说了是以防万一。你们几位也请把手机交出来吧,我会替你们保管好的。"

田所对两位护士说,随后他又看向爱美。

"呃……您的手机……"

"我遇袭的时候手提包掉了,手机在包里……"

爱美依然低垂着头回答。

"这样啊……川崎女士,此次于您来讲真称得上是无妄之灾了,不过您放心,只要我在医院,就一定保证您的安全。明天一早,您一定能顺利回到家中。"

看着田所用十分官方的口吻对爱美讲话,秀悟感觉胸中那股郁结之气一阵阵上涌。眼下这样的情况,他哪来的"保证"?接下来事态会变成什么样,又有谁知道呢?

秀悟凝视着始终低垂着头的爱美。侧脸更凸显了她形状漂亮的鼻子和柔软的双唇。

"我去拿手机。"

秀悟轻轻摇摇头,从座位上站起身。爱美抬起了脸,眼神无助地紧追着他的动作。

"我去去就来……"

秀悟试图躲避爱美的视线,转过身向医生值班室走去。

回到医生值班室后,秀悟重重叹了口气。进入这个房间,他才终于有了些回到自己地盘的感觉。他靠近窗户推开窗,铁窗栏跃入眼帘。秀悟抓住铁栅栏前后轻摇,然而那栅栏却纹丝不动。

看来想从窗户逃跑是没戏了。他放弃这个方法,关上了窗。正当他准备伸手去枕边摸手机时,动作却又迟疑了。

不报警,真的可以吗?在这里打电话谁都看不到,所以只要趁现在报警不就好了?

秀悟手触屏幕调出电话按键,匆匆按下110三个数字。接下来只要再按下通话键,就能报警了。

指尖微微颤抖着,缓缓向屏幕落下。他的胸中此刻波涛汹涌,在迟疑与矛盾之中打转。

报警,这样做对吗?照田所的说法,一旦报警,他们就有可能被卷入危险之中。

下一个瞬间,他脑海中浮现出了小丑那张狞笑着的脸。秀悟紧咬后槽牙,按下了"通话"键。可是,他的手机却毫无反应。

"欸?"

秀悟发出吃惊的疑问声,随后再度按下"通话"。为什么打不出去?反复按下好几次之后他愕然注意到,手机屏幕右上角显示信号的位置,是一个×。

没信号?秀悟皱起了眉。这家医院的信号的确一向不好,可也不至于彻底没信号啊。究竟是为什么?一股不祥的预感油然而生。秀悟摇晃起了手机,就在这时,背后突然传来开门声。秀悟条件反射般猛回过头。

"速水医生。"

田所站在门后,语气阴郁地低唤他的名字。

"啊……哦,是院长,怎么了?"

秀悟放下了摇晃手机的手,他感觉自己的声音有点发尖。

"哦,你去了很久,我有点担心所以来看看情况。"

田所那本就很小的单眼皮小眼,正狐疑地眯缝得更小。

"我只是一时没想起手机放哪儿了,所以找了一下。刚刚才发现是塞到书包底下那层了。"

"是吗?那不好意思了,麻烦把它给我吧。"

田所向他伸出手。秀悟在那一瞬有些迟疑,但还是将手机放在了田所厚实的手掌上。田所撇撇嘴,肥胖的身子转了过去,拖着中枪的脚离开了。秀悟脚步沉重地跟着他也离开了医生值班室。

和田所一道返回透析室时,秀悟看到东野和佐佐木手里也都拿着自己的手机。应该是从护士站拿过来的。

"那所有人的手机就都先由我收着了,没意见吧?"

确认两个护士都点了头,田所又看了一眼墙上的挂钟。

"再忍六个半小时就好了。在此之前,我们都别刺激那个男人。大家要互相帮助。接下来请东野和佐佐木去各层照看一下患者吧。万一有患者注意到情况不对,感到不安,你们要巧妙掩饰过去,然后给他们服用安眠药。"

两名护士一起说了声"好的",便站起身向楼梯走去。田所转头面向秀悟和爱美。

"我也要和她们一起去查看病人的情况,你们两位就在这里等着吧。"

"欸,这……那我也一起……"

秀悟正要站起身,田所却伸手拦住了他。

"不必,速水医生就留下来吧。"

"为什么?我是值班医生啊……"

"住院病患的主治医师是我,我应对病人负全责。我不在的时候当然是要拜托值班医生顶上,但眼下我这个主治医师在场,而且又处在这样一个特殊事态之中,我得负起责任来巡诊才行啊。哎呀,幸好正赶上我今天留下来加班检查诊疗收费明细,真是不幸中的万幸。"

"哦……"

秀悟敷衍地应了一声,怎么总感觉哪里怪怪的……

"而且,要说速水医生的患者,那不就在你眼前吗?"

田所看向爱美。爱美指了指自己小声问:"您是说……我?"

"是速水医生为您做了手术,也就是说,速水医生有义务好好照顾您。"

这话说得倒确实有几分道理，但他仍从田所的态度里感受到了某种违和感。秀悟就这样不作声地观察着田所。

"那我先走了，一定要多加小心，千万不要刺激到那个男人了。"

扔下这句话，田所便追着那两名护士离开了。只见他双手紧抓着扶手，拖着脚向楼上走去。

秀悟下意识环顾宽敞的透析室。刚刚打开了空调，现在屋子里稍微暖和了些，看来是不用把摆在各处的石油暖炉都点开了。

只剩他们两个人的空间充斥着沉默。秀悟感觉气氛尴尬，于是在椅子上稍微挪了挪屁股，看向一直不安沉默着的爱美。

他想和她说说话，但又实在找不到什么合适的话题。

"那个……"

爱美细声细气地开口道。

"啊，是……"

秀悟感觉好似一拳挥空一般，回应她的时候声音有点跑调。

"刚刚，谢谢您了……"

"欸？为什么谢我……"

"您为我做手术了啊。"

爱美的脸上浮现出一个淡淡的微笑。

"没事的，本来你受的伤也不致命。子弹只是穿破了皮肤和一部分肌肉而已。"

"是吗？可是我真的怕极了。那个小丑突然袭击了我，然后对着我肚子开枪……当时感觉特别痛，还流了很多血。他把我拉进车里的时候，我以为自己没救了……"

说着说着，爱美似乎是回忆起了当时的经过，再次低下了头，细弱的肩膀微微颤抖着。秀悟不知道该说些什么好，只能默默地守在爱美身边。

"所以，听到您在手术室里对我说不要紧，我真的特别高兴。"

爱美扬起脸庞看向秀悟。被那双含着泪的眼睛看着，秀悟感觉自己仿佛心跳漏了一拍。

"请收下我的感谢，真的非常非常谢谢您,呃……"

爱美撞上秀悟的视线，微微歪头迟疑。

"我姓速水，速水秀悟。"

"速水医生，我叫川崎爱美……啊，之前我已经自我介绍过了是吧。"

爱美有些羞涩地缩了缩脖子。

"其实你不用加'医生'这个称谓的。"

"那,我就听您的,称呼您秀悟先生可以吗?您就叫我爱美吧。"

突然就这么跳过姓氏直接称呼名字,秀悟不由得有些手忙脚乱。

"啊,不好意思……"

"不,我完全不介意……"

秀悟慌忙解释。

"那太好了。"

看着微笑着的爱美,秀悟突然感到有些迷茫。此时身处如此境况,她这样的情绪算是怎么回事呢?不,或许正因为是这样的状况,她才想要表现得开朗些来掩饰恐惧吧。

"秀悟先生是这家医院的医生对吗?"

爱美的语气变得十分亲昵。

"不是的,我平时在附近的一家综合类医院上班。只不过偶尔过来值班。"

"这样啊,您是哪一科的医生呢?"

"外科。不过现在只能算刚实习到第五年的学徒而已。"

"才不是呢,您不是为我治好了伤吗?"

爱美的表情瞬间蒙上了一层悲伤。

"我在手术室里看到自己的伤口时,一瞬间想到的是如果留下一个大大的伤疤该怎么办……真奇怪,我连自己会不会丢了命都还不知道呢……"

"不,其实……"

"可是,那么大的伤口秀悟先生都能为我治好,我真的很感谢您。"

爱美深深低头向他致谢,头低得能看到头顶的发旋。秀悟搔着太阳穴,心底里突然升起一股罪恶感。

自己确实是尽最大努力为她仔细缝合了伤口,但肯定或多或少还是要留下伤痕的。她这个伤口长好了之后,最好还是找整形外科的医生再做一下除疤手术吧……正在秀悟思考这件事的时候,爱美抬起头又开口道:

"我们已经安全了,对吧?等到早上,那个小丑就会离开了,对不对?"

爱美的语气再度回到了之前的不安状态。她刚刚果然是在强迫自己表现得开朗啊。

"嗯,肯定没问题的。"

秀悟小心让自己的语气不要显露出什么不安情

绪，回答她。

爱美又弱弱地轻声说了一句：

"那就好……"

"那个，爱美小姐是学生吗？"

"嗯，是啊。我在附近一家女子大学读教育学专业。"

"就是说，你以后会成为学校的老师啊？"

"是的，我希望自己以后能成为一名小学老师。"

"这样啊，呃……既然读大学了，那你现在应该有二十岁了是吗？"

我脑子里怎么只能冒出这种相亲会上才会问的问题啊？秀悟不由得暗暗嫌弃自己，他边问边感觉到自己的脸在微微抽搐。

"其实，我才十九岁。"

"哦哦，这样啊。"

"怎么这样问？难道我看上去比实际年龄老吗？"

爱美噘嘴问道。

"不，不是啦……是感觉你看上去很沉稳……"

秀悟慌里慌张地找补起来，见他这样子，爱美露出一个恶作剧般的微笑。

"开玩笑啦。其实我如果不化妆的话是个娃娃脸，有时候还会被人当成高中生来着。我对这种误会有点抵触,所以故意化了偏成熟一些的妆容。"

"现在看上去确实不像高中生。"

"是化妆的缘故啦,女人化了妆会变成另一个人的哦。"

爱美半开玩笑般地轻轻抛了个媚眼。秀悟没想到她会做出这样娇媚的动作,心下一惊,挪开了视线。正在这时,秀悟注意到了视野一隅的某样东西。

那是……秀悟站起身走向房间的角落。那边的墙壁上挂着一部内线电话。

之前怎么就没想到呢!就算手机没有信号,但是只要用这部电话连接到外线……

秀悟伸手拿起听筒。他并没打算立刻报警,只是想确认万一有需要时能不能用。

可是,拿起听筒的瞬间,秀悟便吃惊地睁大了眼。

听筒和主机之间连接的电话线被剪断了,垂在他脚边。

"为什么?"

秀悟拉起垂下去的电话线,愣愣地低喃。

"刚才秀悟先生去取手机的时候,院长先生把电话线剪断了……"

爱美走近僵立在原地的秀悟,如此说道。

"他为什么要这么做!"

秀悟忍不住高喊道,爱美被他惊得身子一抖。

"那,那个……院长先生说是'以防万一,不能让人用这电话报警'……我也觉得做到这个地步有点奇怪,但是没能阻止他……对不起。"

"啊,没事的,我没有责怪爱美小姐的意思,只是……"

只是,这样做实在有点用力过猛了。他紧盯着被剪断的电话线,突然想起什么一般抬起脸。田所他们十分钟前就上楼了,也就是说,现在其他电话的线路应该也都被剪了。

田所他……究竟为什么要做到这种地步……

正在这时,有人拉住秀悟的白衣,打断了他的思考。

"怎么了?"

秀悟低头看向抓着自己白衣袖子的爱美。

"您听到了吗?刚刚那个声音……"

爱美的声音在颤抖。

"声音?什么声音?"

"有人在呻吟……是从楼梯那边传过来的。"

爱美伸手指着楼梯。

"没,我什么都没听到啊……你是不是幻听了?"

"才不是幻听,我听力很好的!刚才绝对有男人的呻吟声!该不会,院长先生遇到什么状况了吧!"

爱美拉着秀悟的手,一路把他拉到了楼梯附近。

肯定是风声在呜咽吧?秀悟竖起耳朵仔细听着。就在这时,一阵微弱的"啊,啊啊啊……"的呻吟声飘进了他的耳朵。秀悟不由得屏住了呼吸。

"您听!刚刚又有了!您能听到吧!"

"我听到了。"

面对情绪激动的爱美,秀悟有些迟疑地点了点头。他确实听到了。这声音,的确是男人的呻吟声。

是院长遇袭了吗?难道那个小丑打破了之前的约定?秀悟望着身边颤抖的爱美,开口道:

"我去看看情况,爱美小姐请留在这儿等我。"

"我不要!"

爱美急忙嚷起来。

"我绝对不要自己待在这儿!"

"但是……上面可能会有危险。"

"可我留在这儿不也一样很危险吗!请不要抛下我一个人!"

爱美呼吸凌乱,拼命央求着。她那双紧抓秀悟白衣的手甚至浮起青筋。

"好吧,那我们一起去。"

十余秒的迟疑过后,秀悟回答她。爱美这才放心地大大松了口气。

"不过你得答应我,不能离开我身边。"

见爱美点了点头,秀悟便开始一级一级地踏上台阶。他的心跳在加速。爱美皱眉跟在他身后,身上的伤口可能还有些痛。

"东野……"

抵达三层后,秀悟一边探头去看护士站,一边压低声音喊着东野的名字,但他并没找到东野。

是去病房了吗?正想到这儿,那个呻吟声再次响起。秀悟和爱美看向发出声音的方向,就在走廊的深处。

秀悟咽了咽口水,踏出了一步。

"要去吗?"

爱美的脸上露出一个胆怯的表情。

"万一是院长遇袭,那我必须去救他。爱美小姐,你可以先在这儿等我……"

秀悟还没说完,爱美就立刻使劲儿摇头。

"要是得一个人待在这儿,那还不如跟您一起走呢。"

"那咱们走吧。"

他们向着走廊深处不断前进,那个呻吟声也越来越大。紧接着,从相距数米开外的一间病房里突然伸出一只手,爱美被吓得低低惨叫一声。那只手仿佛求救般乱抓空气,与此同时,呻吟声再度响起。

有人倒在那间病房里了。秀悟从短暂的僵硬中挣脱,迅速跑了过去。

"等,等等我……"

背后传来爱美紧跟过来的脚步声。

探头看向病房内的瞬间,秀悟顿时松了劲儿。倒在那里的不是田所,而是一个穿着病号服的中年男人。那男人一边在地面爬行,一边向秀悟伸出手。借着昏暗的应急灯光,秀悟看到男人的手臂上流着血。他肯定是把点滴给拔了。

"这,这个人是……"

爱美躲在秀悟背后小声问道。秀悟指了指旁边一张空着的床铺。

"肯定是住在这儿的病人。他拔了点滴,又从床上爬了下来……"

秀悟看了一眼床上挂着的名牌。上面写着"新宿11"几个字。秀悟紧抿起嘴唇。

"这个'新宿11'是什么意思啊？"

爱美歪头问道。

"是名字。"

"欸？名字？"

"如果患者身份不明，就会暂时按照发现他的地点和号码来称呼，直到搞清楚身份后才会改过来……所以这个名牌的意思是，这个病人是住在这家医院的第十一个被发现于新宿的身份不明者。"

听完秀悟的这番说明，爱美眼神怜悯地看向趴在地上的男人。男人依然求助般地向秀悟他们伸着手。

"你没事吧？你能听懂我在说什么吗？"

爱美蹲在男人身边问道，可那男人却只会发出不明所以的呻吟。

"他可能是患了失语症，没法开口说话。估计是脑出血患者，左半边偏瘫了……"

秀悟也学着爱美的动作，在男人身边蹲下来。

"您有哪里觉得痛吗？"

听到秀悟的声音，男人的脑袋微微地动了动，似乎是在点头。看来他没有彻底失语,他能听懂别人说话,但是自己无法开口,属于运动性失语症。

秀悟转身看向走廊。

"护士究竟去哪儿了!我需要知道这个病人的信息啊。"

"那,那我去找她们吧?"

见秀悟焦躁地嘀咕,爱美战战兢兢地说。有那么一瞬,秀悟真的动了拜托她帮忙的念头,但他马上打消了这个想法。小丑还待在这家医院里,他不能让爱美独自行动。

"不,没事的。总之我先把病人抱回到床上,然后咱们一起去找护士吧。"

秀悟观察着仍在呻吟的男病人。这个人并不算骨瘦如柴,不过个头相当小。秀悟自己应该就能把他搬回床上。

"咱们先回床上去吧。我得把您抱起来,请先将身体转到面朝上好吗?"

秀悟一边说着,一边将双手伸到趴伏在地的男人身体下方。下一瞬,他感觉右手摸到了什么黏糊糊的东西。秀悟眉头一皱,是呕吐物或者尿液吗?他不由得有些后悔自己没戴橡胶手套,同时将男人的身体慢慢转正。与此同时，男人突然发出一声更加高亢的呜咽。

看清了男人被翻正的身体，爱美很轻地尖叫了一声。

男人那穿着病号服的左上腹区域染上了一大片黑红色。秀悟下意识低头看向自己的手。即便应急灯光昏暗，他满手也都是一目了然的红色。

血？秀悟慌忙掀开男人的病号服，发现男人左侧腹的确裂开了一道巨大的伤口。

"这是手术的伤口？"秀悟声音沙哑地低喃道。

那斜斜一道直线明显是被手术刀割开的。这个人就在近几天内接受过手术，而他的手术伤口现在裂得很彻底。

秀悟看着那道不断渗着血的伤口，突然注意到一个细节。

"手术线……断开了？"

他一边嘴里咕哝着，一边拼命转动脑子整理眼前的状况。

"这个病人最近接受过手术，然后有人弄断了他伤口的缝合线，而且对其造成了冲击……估计是殴打了病人的伤口……"

听到秀悟的解释，爱美惊讶地睁圆了眼睛。

"谁会做这种事？"

秀悟回答不了爱美的这个问题。

是那个小丑吗？可他现在应该在一楼，没理由去伤害住院的病人啊。

秀悟晃了晃脑袋，将这个疑问暂时驱走。现在不是琢磨这些的时候，他得马上处理病人的伤口。

秀悟站起身，伸出没有沾血的那只手，握住了爱美的手。

"我们返回护士站吧。"

"要把他独自留下吗？"

"要治疗就需要医疗器具。而且我们人手不足，必须把护士找来。"

秀悟语速很快地解释着，手拉爱美返回到走廊上，快步走进了护士站。

"东野！佐佐木！院长！"

秀悟一边从摆着各种药剂的架子上拿走生理盐水袋，一边拼命地嚷着。虽然这样大喊大叫可能会被小丑听到，可是现在得优先凑人手。

爱美踌躇片刻，也跟着秀悟高声喊着"护士在吗！"

几十秒后，当秀悟把点滴管、点滴针、生理盐水袋等都放在托盘上准备齐全时，一阵脚步声从楼梯那边传来。他应声看过去，只见东野和佐佐木两人板着脸从楼梯上跑了下来。

"你们在干吗？怎么能发出那么大的声音！万一让那个小丑听到了怎么办！"

冲进护士站的东野脸色绯红，用近乎歇斯底里般的口吻质问。

"你们才是，究竟怎么回事啊？说好了去查房的，结果压根不在病房里！"

见秀悟如此剑拔弩张，东野和佐佐木的表情都僵住了。

"那……那是因为我们一起先去四楼查房了。佐佐木说她害怕自己一个人查房，所以我就陪她一起了，是吧？"

自己的名字突然被东野点到，佐佐木慌忙哆嗦着连连点头。秀悟皱紧眉头盯着这两个护士。他总感觉这两个人的言行之中带着几分表演的性质。

"走廊尽头那间病房有患者倒地，需要立刻接受治疗。"

听到秀悟这句话，东野摆出一副"什么啊，就这么点小事？"的样子，耸耸肩道：

"有时的确会出现患者随意走动或者躺倒在地板上的情况啦，话说回来……"

"新宿11。"

秀悟低声道，声音盖住了东野的话。东野突然噤声，数次眨眼后问他：

"刚才……您说什么？"

"新宿11。就是那个倒地的患者。而且他也不是单纯在地上躺着，他腹部出血严重。"

东野和佐佐木都发出难以名状的一声低吟。这两个人应该知道些什么。看到她们如此反应，秀悟确信了自己的猜测。

"那个患者究竟是什么人？你们应该知道些什么吧！"

在秀悟的追问之下，东野迟疑着张开厚嘴唇，吞吞吐吐道：

"不，没什么……我们先去看看情况吧。"

东野逃也似的向走廊走去，秀悟端起托盘，和爱美一起紧跟在她身后。

抵达病房后，东野看着那腹部流血，还在大声呻吟的男人，整个人都愣住了。

"这究竟是怎么回事!"

被秀悟如此质问,东野的颈部关节就仿佛生了锈,只见她动作僵硬地转过头。

"这个人,是住在这儿的病人……"

"这我知道。我想问的是他为什么会腹部流血倒在这里!"

"这我怎么知道啊!"

东野尖声大喊着,拼命摇头。

"你不是这儿的护士吗!"

"先别争这种事了,总之先打点滴吧!他必须马上输液才行。"

东野一把夺过秀悟手中的托盘,正坐在男人身旁,在他的胳膊上绑上止血带。

秀悟不作声地站在东野背后,紧盯着她准备点滴的一举一动。不知是想要争分夺秒,还是太过紧张,东野的手一直哆嗦。她尝试在男人手背上扎点滴针的手法相当笨拙,一点儿都看不出是个资深护士。

好不容易设好了点滴管,秀悟将管子接到生理盐水袋上,开始为病人打点滴。

"好了,现在解释一下吧。为什么这个患者会变成这样？"

"我不知道。"东野十分明显地避开了秀悟的视线。

"今晚你就是负责这层楼的值班护士对吧？那交接的时候应该有相关说明才对。"

"我并没收到任何关于这个患者的说明。"

"这怎么可能？此人身上有接受过手术的痕迹。而且看上去应该就是这几天之内做的手术。他为什么会动手术？"

东野的回答始终含糊不清，秀悟开始焦躁，语气也更强硬了。

"是肠梗阻。"

他们背后突然传来一个声音。秀悟慌忙转过身，不知何时起，田所已经站在了他们身后，佐佐木则站在院长身边。

佐佐木刚刚是跑去喊田所了？秀悟斜睨着田所的脸。

"前天晚上，该患者主诉腹痛。我诊断其为缺血性肠梗阻，并紧急为他做手术切除了数厘米的坏死肠道，手术很成功……没想到会发生这种事。"

田所有些刻意地摇了摇头。

"发生这种事……您知道这个人的伤口为什么会裂开?"

"当然。"

听到秀悟这样问,田所没有表现出丝毫动摇,十分干脆地回答:

"手术本身虽然成功了,但这名患者在术后出现了严重的谵妄反应。昨天晚上他也好几次闹着试图从床上爬下来,所以我们还给他用了镇静剂……"

田所面露苦笑说道:

"估计患者今晚也出现了谵妄的情况,从床上摔了下来,然后伤口就在跌落过程中撞到什么地方,所以裂开了吧。"

不对。不可能。伤口上的缝合线全部被剪断了。一定是有人故意为之。

"速水医生,谢谢你了。"

秀悟正准备反驳,田所却突然对着他深深低下了头。他那半秃的头顶反射着应急灯的朦胧灯光。

"谢谢你注意到了这名患者发病的情况,多亏了你,他才能避免伤情进一步恶化,马上接受治疗。责任全在他的主治医生,也就是我本人,还有负责这一层看护工作的东野身上,我们会好好治疗他的。"

田所这过度殷勤的态度令秀悟有些反感。他紧抿着嘴,瞪着田所和那两个护士。

这个男人的意思是"不要再多管闲事了"。

正当秀悟准备紧咬不放时,一阵很轻的脚步声飘进了他的耳朵。

脚步声?

秀悟的眉头再次皱起。他们五个人全在这个房间里。脚步声究竟是谁的?他转过身一看,脸上的肌肉顿时痉挛起来,与此同时,其他几个人的脸上也浮现出和秀悟相同的表情。

是小丑,他正从电梯那一侧的走廊深处一步步靠近过来,同时动作很大地前后晃动着手枪。房间里的空气顿时紧张起来。

小丑走到距秀悟他们大约两三米的位置后站定,将枪口对准他们道:

"你们几个,从刚才开始一直哇哇乱喊,我在一楼都听到了。"

"一点儿小事而已,吵到您真的非常抱歉。"

田所语气生硬地说。

"一点儿小事?一点儿小事就这么咋呼吗?我看你们情绪挺松弛啊。"

"一位住院的病人从床上跌落受伤了。我们是为了救治他出了点声音。实在抱歉。"

田所对小丑鞠躬致歉。小丑盯着他看了一会儿，面具背后的那双眼睛狐疑地眯了起来。

"为了治一个摔到地上的大叔，你们至于全都聚到这儿吗？"

"不，我本来说了这儿有我和护士就可以的。但是速水医生责任心重，也坚持要参与治疗工作，所以我们稍微争执了几句……"

田所怎么能这样说？秀悟不由得撇了撇嘴。他竟然利用这种情况对付自己……于是，小丑冰冷的视线和枪口都转向了秀悟。

"喂，你这年轻大夫要听前辈的话啊。事情就交给那个秃子院长好了，你乖乖离开吧。别闹得非要我出马好吗？"

"对不起……"

秀悟紧咬牙关，从牙缝里勉强挤出这么几个字。被人用枪指着，他实在无法再辩驳什么。

"那就快滚吧。"

小丑抬抬下巴。秀悟仍咬着牙，迈步返回走廊。爱美也跟他一起离开了。

走到护士站附近时，秀悟扭过了头，他看到小丑正准备乘上走廊深处的电梯。从他现在这个角度，并不能看到待在病房里的田所他们。

确认小丑已经走进电梯，秀悟拉着爱美的手，一头冲进了护士站。

"秀悟先生，您要干什么？"

爱美睁圆了眼问道。

"你稍微等一下。"

秀悟说罢，小跑到了护士站里面的一个架子旁。那里收纳了数十册病历本。秀悟睁大眼睛聚精会神地在上面寻找自己的目标，很快他就找到了。

他将那本病历抽了出来。

【新宿11】

这几个大字，赫然写在病历本的封面上。

第二章

第一个牺牲者

1

"那个……秀悟先生。"

听到爱美的声音,秀悟抬起了头。

自从二十分钟前他们返回二楼,秀悟就和爱美移动到了透析器械背后。从楼梯那儿看过来,这里属于视觉盲区。接下来,他便一直坐在折叠椅上埋头阅读那本"新宿11"。

"您弄明白些什么了吗?"

"嗯,挺多的……"

秀悟合上那本病历,大大叹了口气。读过这本病历后他的确弄清楚了一些事,同时也产生了更多疑问。

"根据这本病历的说法,那名男性在前年七月份被人发现倒在了新宿站区域内,当时已丧失意识。他被送到了附近的一家综合类医院接受检查,诊断为丘脑出血,后遗症是左半身偏瘫,失语症,认知能力显著下降。"

说到这儿时,秀悟发现爱美的表情有些尴尬。

"啊,抱歉抱歉,说这么一堆专业术语,你应该听不大懂吧。简单来说,就是这个人突发脑出血,导致了十分严重的后遗症。"

"啊,是这样,那我懂了。"爱美点点头。

"他之前好像就是住在新宿站周边的无家可归人员,也没有随身携带任何身份证件,而且出于后遗症的缘故,他说不出自己的名字。所以,他就在身份不明的情况下接受了为期一个月的治疗,症状相对稳定后,他就转院到了这里。"

"那就是说,他都在这儿住了两年了?"

"看来是的。"

秀悟一边哗啦啦地翻动病历本,一边点头。到此为止的内容似乎没什么疑点。

"虽然后遗症比较严重,但是只需辅助护理,他也能正常进食,健康状态似乎也无大碍。直到前几天……"

"他最近接受过手术是吧?"

"前天晚上,他突然开始腹痛,于是医院为他紧急做了手术。诊断上写的是'绞窄性肠梗阻',就是我们说的'肠梗阻'了。这是病历上的说法……"

说到这儿,秀悟搔起了自己的太阳穴。

"病历上的说法……您这样讲,是觉得有蹊跷吗?"

面对爱美的疑问,秀悟重重地点了点头。

"没错,全是蹊跷。"

这份病历漏洞很多。而且,作为一名外科医生,秀悟也从中看出了好多存疑之处。

"首先,在这家医院做手术,这本身就很异常。这里是一家疗养型医院,也就是让一些慢性病人接受长期治疗的医院。就算做手术,至多只能做局麻小手术。如果有病人需要接受肠梗阻这种需要全麻的手术,一般都会送去综合类医院的。"

秀悟边说边回忆起了一楼的那间手术室。这家破旧的老医院里,竟然有那样一间设备齐全,媲美大医院的手术室,而且里面竟然还配备了两套手术台和麻醉装置……

秀悟的眉头逐渐皱紧。类似这种布局的手术室,他好像也曾见过。可是，他想不起自己是在哪儿见到的了。

"其他还有什么可疑的地方呢？"

见秀悟沉默，爱美又问道。

"还有，从出现梗阻症状到开始手术的时间太短了。按病历的说法，患者腹痛是在晚上十点半，手术开始的时间是十一点刚过。也就是说，这家医院在短短三十分钟内就下了诊断并决定手术，然后就开刀了。"

"三十分钟很快吗？"

爱美疑惑地问。

"太快了。就算是人手充足的综合类医院也要花两倍的时间。这样简直就是……"

简直就是从一开始就预定了要做手术一样。秀悟眉间的皱纹更深了。

"秀悟先生？"

爱美不安地窥视着沉默的秀悟。

"不，没什么……哦，还有一点。"

秀悟将病历本放在膝头摊开，低头看向夹在纸页间的手术记录。上面写着主刀医生和协助护士的名字。

"根据记录所示,这场手术的主刀医生是院长,器械护士是东野良子,巡回护士是佐佐木香。"

"这不就是……"

爱美那两道形状漂亮的眉毛撇成了八字。

"没错,就是今晚被关进这家医院的三名医护。"

刚刚在三楼倒地,身上手术创口裂开的男人。被监禁在这座医院的三个人,正是负责他那台手术的三名医护。这真的只是偶然吗?还是说……

"这……究竟怎么回事啊?"

爱美小声问道,秀悟摇了摇头。

"我不知道,我实在搞不明白……"

"那个……能把病历给我看看吗?"

爱美怯生生地伸出手。

"欸?你要看病历吗?可以倒是可以,但是你可能看不大懂上面都写了什么。"

秀悟将病历递给了她。病历之中罗列了大量的专业术语和英语,而且大部分都是龙飞凤舞的手写体。非医疗相关人士就算看了也很难理解内容吧。

爱美翻开病历,一脸认真地低头看着。不过,她马上就如秀悟料想的那样,露出为难的表情。

秀悟从透析器械背后探头看了一眼楼梯,没发现田所他们可能会下楼的迹象。他们是不是还在治疗那名男性？从伤口判断，他是有必要再接受一次缝合的，所以他们八成还在处理伤口吧。

"咦？"爱美突然发出诧异的轻呼。

"怎么了？"

秀悟将视线转回到爱美身上，只见她手中拿着一张纸。

"这是什么啊？"

爱美歪着头，一脸不可思议地看着那张纸。

"纸？纸上写了什么？"

"好像是名字，还有一些读不大懂……"

秀悟接过爱美递来的纸，读过上面写着的文字后，他反复眨眼数次。

【三楼 神崎浩一 山本真之介 新宿11 明石洋子
四楼 池袋8 川崎13 南康生
去查】

"这是……"

秀悟读着纸上的字，低声疑惑道。

"请问，这样的东西一般会夹在病历里吗？"

"不，这种东西并不常见。虽然也可能是护士写的笔记随手夹进去的……"

但最后的"去查"二字令他十分在意。

难道是有人提前预想到我们会来翻看这本病历？如此说来，那被写在这张纸上的人……

想到这儿，秀悟缓缓站起了身。

"怎么了？"

"我要去楼上，把这些名字对应的病历本找来。"

"欸？为什么要这么做……"

"我总觉得，这可能是把楼上病人伤口剪开的家伙给我们留的话。如果找来这张纸上记录的病人病历，说不定就能搞清楚了。"

"可是，这么做也太危险了！真的有必要这样吗？"

爱美的表情中再度显露出不安。

真的有必要这样吗？其实秀悟也不知道。只不过，他心底里的某种确信正在不断上涌，那就是——这里发生的绝不单纯是一起把医护和病人封锁在医院里的事件。秀悟逼迫自己扯动脸上的肌肉，摆出一个笑脸。

"没事的，就只是去趟楼上而已。"

秀悟侧头看了一眼楼梯。没错，小丑在一楼，只是去找病历的话应该不太可能遭他袭击。而且比起小丑，他更需戒备的其实应该是……

此时，秀悟的脑海之中浮现出田所和那两名护士的脸。

那三个人一定在试图隐瞒什么。结合刚刚田所他们的态度以及"新宿11"的病历，秀悟得出了这个结论。

"可是……"

爱美的表情仍有不安，表现得欲言又止。

"没事的，我自己去，速去速回……"

听到秀悟这样说，爱美再一次伸出双手抓住秀悟的衣袖，小幅度地摇了摇头。那张脸充满了不安和恐惧。

"我知道啦，那我们一起去吧？"

秀悟苦笑着轻声道，爱美一听，马上用力点了点头。

秀悟蹑手蹑脚走上台阶，躲在墙壁阴影处观察三楼的情况。他注意到走廊深处有一盏比应急灯亮得多的灯，差不多就在刚刚那男人倒下的病房附近。

他们此刻恐怕正在处理病人伤口。护士站一个人都没有。

秀悟对跟在自己身后的爱美招了招手,随后压低身子钻进护士站,一路跑到了站内的那个架子前。爱美紧跟在他后边。

秀悟手拿那张纸,一一比对着架子上病历书脊上的字。如他所料,很快他便找到了相对应名字的病历。秀悟将这些病历本全都抽了出来,抱在胸前,和爱美一同跑出护士站,向着四楼跑去。

两人一步都没停,直接沿着楼梯奔向四楼的护士站,然后像在三楼时那样找了起来。这次也顺利地找到了所需的病历。

秀悟从架子上抽走最后一本病历,这样一来就全都找齐了!正在这时,背后突然传来微弱的脚步声。秀悟和爱美身子一抖,同时转过头。没错,那脚步声就是从楼梯方向传来的。

"来这边!"

秀悟拉着爱美的手躲进了药物架子的阴影处,观察着楼梯方向。下一秒,那个从楼梯走下来的人出现在了他的视野之内,秀悟惊得屏住了呼吸。

因为那人是从五楼的院长办公室下来的,秀悟理所当然地以为他是田所。然而，走下台阶的人脑袋上竟然戴着塑料假面。

小丑？那个男人为什么会从五楼下来？

小丑无视了陷入一片混乱之中的秀悟，抵达四楼之后就开始向走廊深处走去。确定那脚步声越来越远之后，秀悟从药物架子的阴影处走出来，小心翼翼地离开护士站，跑向走廊。走廊最深处的电梯是开着的，电梯门之间摆着纸箱。看样子是为了不让门关上，以此来防止电梯移动到其他楼层。

只见那小丑走到走廊最深处，随意一脚把纸箱子踢到了电梯门内，然后自己也走了进去。随后，电梯门便徐徐关上了。

"那个小丑，究竟在干什么……"

和秀悟同时眺望走廊的爱美小声道。

"看样子他应该是去五楼做了些什么吧。估计是乘坐电梯先抵达四楼，然后又走楼梯上了五楼吧。之所以从四楼开始改走楼梯，是因为电梯只到四楼为止。"

秀悟一边整理思路，一边解释着。爱美则有些疑惑地蹙眉道：

"五楼有什么呢？"

"我记得好像是院长办公室和仓库吧……"

秀悟和爱美一同望向了隐身于阴暗之中的楼梯深处。

"那个小丑会来这家医院……难道真的是偶然吗?"

爱美好似自言自语般轻声道。如此出其不意的一句话令秀悟忍不住"欸?"地惊讶出声,他扭头看向爱美的侧脸。

"因为,那个小丑本来并没什么必要去五楼对吧?"

"嗯,确实……"

"说起来,我突然想起一个有点奇怪的细节……"

"奇怪?"

秀悟重复着爱美压低声音说出的这个词语。

"对,奇怪。现在回忆起来,那个男人枪击我又把我拉进车里之后,好像没有一点儿迟疑就直接开向这家医院了。"

"就是说,他从一开始就准备来这家医院?"

"我不能确定,但感觉上的确是这样……"爱美有些迟疑地点了点头。

秀悟用力蹙起眉,连鼻梁都皱了起来。如果爱美所言不假，那可以说是颠覆了这起事件的本质啊。

秀悟拿起摆在手边的一个护士平时用来运送医疗器材的环保袋，一本本把病历塞了进去。

"呃，您在做什么？"

见秀悟不作声地装着病历，爱美有些不安地问道。

"咱们去五楼吧。"

"欸，去五楼？为什么？"

"如果小丑真的如你所说，是出于某个目的才封锁了这家医院的话，那我们就应该去调查一下这个目的。"

听罢秀悟的解释，爱美的眼神有一瞬的飘忽，随后她板着脸点点头说：

"我明白了。"

秀悟将环保袋挂在肩头，一边谨慎地注意着四周，一边冲出护士站，和爱美一起跑向楼梯。

抵达五楼后，秀悟紧张地环顾着周围的一切。这条走廊仅有五米，它的尽头是一扇厚重的铁制大门，上面还挂着写有"备用品仓库"的牌子。他们右手边也有一扇门，门上的牌子写着"院长办公室"五个字。

秀悟压低身子在走廊前行，伸出手想要打开备用品仓库的门。他一压门把手，把手却"锵"的一声，传来强烈的阻力。看来这扇门上了锁。秀悟又拉又拽地尝试了两三次，但大门依旧纹丝不动。

"打不开吗？"

"嗯，上锁了。"

秀悟回答着身后爱美的提问，又将视线移向院长办公室的门。如果这道门也打不开的话，小丑进的应该就是院长办公室了吧？

秀悟缓缓走向院长办公室门前，深吸一口气，抓住门把手。大门被十分轻易地推开了。可看到门后的一片光景，秀悟简直不敢相信自己的眼睛。

十五叠大小的房间仿佛刚刚被龙卷风袭击过，凌乱不堪。书架上的书散了一地板，桌子的抽屉也全都被抽了出来。地毯被翻了起来，沙发也被掀了个底朝上。

小丑好像是在这个房间里寻找过什么东西。可是，他究竟在找什么呢？

"秀悟先生。"

见秀悟手握门把手愣愣地站在门边，爱美有些焦躁地小声提醒：

"好像有人上来了。"

"欸！"

秀悟慌忙竖起耳朵聆听，从楼梯那边的确传来了很轻的脚步声。

是小丑又回来了吗？秀悟紧张得表情扭曲，但他马上意识到是自己想错了。随着脚步声越来越大，他还听到一男一女的对话声。是田所和东野。

看来，这两个人处理好三楼的情况后上了五楼。现在从楼梯逃跑，肯定会和他俩撞个正着。

秀悟焦急地环顾四周，却找不到任何一处可以藏身的地方。脚步声越发近了。

没办法了，秀悟一把抓起放在走廊的环保袋，拉着爱美的手冲进院长办公室又关上了门。两个人一起钻进院长办公室深处的桌子下面躲藏了起来。

"躲在这儿能行吗？"

爱美不安地问道，秀悟无法回答她这个问题。躲在这儿当然不行，但权衡之下也只能暂时先这么做了。

开门声响起，秀悟做好最坏的打算，闭上了眼。

"秀悟先生……"

爱美在他耳边嗫嚅道。秀悟睁开眼，看到爱美伸出食指抵着嘴唇,眼神示意了一下入口位置。秀悟从桌子后面探出脸去看,他发现入口的门仍然是关着的。

秀悟刚一皱起眉,紧接着就听到了一声重重的门响,他立刻搞清了状况。

那两个人从院长办公室门前走过,直接进入了备用品仓库。秀悟和爱美对视一眼,彼此点了点头,随后秀悟凑近门口,稍稍推开一条门缝观察走廊上的情况。那儿一个人影都没有。

好机会!秀悟和爱美离开房间,蹑手蹑脚地走向楼梯。可刚迈下一级台阶,秀悟就站定转过了头。

田所和东野为什么没来院长办公室,而是去了备用品仓库呢?那扇铁门背面究竟有什么呢?

"秀悟先生,您在干什么?咱们得快走啊。"

"啊,哦哦!抱歉。"

在爱美的催促下,秀悟继续下起了台阶。可他的心中,却盘旋着令人心绪纷杂的黑色旋涡。

2

"怎么样?"

见秀悟将最后一份病历摆回到床上,爱美开口问道。而坐在床上的秀悟则深深叹出一口气,垂着脑袋摇了摇头。

"还是一团乱麻……"

三十分钟前,秀悟和爱美从院长办公室跑回了二楼。他们担心在透析室待着,病历本会被发现,于是就去了医生值班室。

"那有收获什么信息吗?"

爱美坐在椅子上,上半身向着秀悟靠过来。秀悟稍稍仰起头,抬眼向上看着爱美,随后从自己的白衣口袋里取出那张便条。

"我知道写这个便条的家伙为什么命令我们去收集这些人的病历本了。因为这七个人存在共同点。"

"共同点?"

"首先,他们都在这家医院接受了手术,而且都是大型全麻手术,和那位新宿11一样。"

"这,这很蹊跷对吗?"爱美歪头问道。

"没错。非常蹊跷。我刚刚也说过,在这种疗养型医院做这么大的手术,本身就很异常。而且全都是紧急手术。比如肠梗阻、阑尾炎、胆囊炎之类的。"

"噢……"

爱美有些迷茫地点了点头。她并非医疗相关人员,所以不明白究竟哪里蹊跷也算正常。可是,病历本上还记录了就连爱美也能察觉到异样的细节。

秀悟将七本病历中夹着的七张手术记录递给爱美。

"请看这几张纸最下面的'主刀医生'和'护士'一栏。"

爱美在秀悟的提示下接过那沓纸,缓缓翻动起来。看到第三张的时候,爱美那双绘着眼影的大眼睛便吃惊地睁圆了,紧接着,她又慌忙去看所有的手术记录。

"这……"

看完最后一张记录,爱美声音颤抖地喃喃道。秀悟则沉重地点了点头。

"没错,所有手术的主刀医生都是田所。不过,这倒也没什么不可思议。这家医院的专职医生只有田所。但是护士一栏可太离谱了。参与这些手术的护士全都是东野和佐佐木。"

七张手术记录的"医生"和"护士"栏,全都写着完全相同的名字。

"如果说这些手术记录准确无误,那所有接受手术的人,都是夜间突然腹痛,然后接受了紧急手术。而当时负责值班的护士都是佐佐木,负责递刀的护士也都是东野。"

屋内的空气变得沉重了起来。

"应该……不是偶然吧?这究竟是怎么回事啊?"
"我也不知道。"

秀悟用力搔着脑袋。

"不过唯一能确定的是,田所他们一定隐瞒了什么。还有,有人试图将这一点传达给我们。我猜,也就是那个人把新宿11的手术伤口弄开,还在病历本中夹了这张便条。"

秀悟说着,哗啦啦地抖抖手上那张便条。

"您说的'那个人',该不会是小丑吧……"

"有可能是他,但也可能不是他。"

秀悟感觉自己眼底一阵钝痛,抬手揉起鼻根。房间再度充斥着沉默。

"我们,真的能被平安放走吗?"

爱美声音小得好似蚊子叫。秀悟迟疑了片刻,然后轻声对她说:"没问题的。"但他的声音尖得连自己都觉得别扭。

原以为是单纯将人质扣押在院内的一起事件,没想到短短一小时内竟发生了如此翻天覆地的变化。

小丑本来就准备潜入这家医院吗?田所他们又在这家医院做了些什么?是谁割开了新宿11的伤口,又将便条夹进病历中的呢?

真是越琢磨脑子越乱。

"秀悟先生,您真温柔呀。"

爱美突然说了这么一句,并露出了微笑。那笑容带着和她年龄并不相符的妖冶之态,秀悟感觉心脏突然猛跳了一下。

"欸?温柔……"

"明明身处这样的情况下,您还是努力想让我放心。不但如此,您还一直在保护我。虽然我还是很怕,但多亏有秀悟先生在身边,我觉得自己还能扛得住。"

爱美说着,脸颊微微染上了一丝羞涩的红晕。

"没有啦,咱们彼此彼此嘛……"

秀悟正说到这儿,爱美的表情却突然扭曲了。

"呜呃……"

她呻吟着,按住了肚子。

秀悟慌忙站起身。

"伤口痛?"

"不,不要紧,只是稍微刺痛了一下。不要紧的。"

爱美努力摆出一个笑容,可她看上去明显是在勉强自己。秀悟将摆在床上的病历挪到了桌子上。

"快躺下。"

"欸?"

见秀悟伸手指着床,爱美露出一个疑惑的表情。

"我得确认一下你的伤是不是裂了。都怪我,一直让你上上下下地爬楼梯。真抱歉。"

"不,没关系的……您不必道歉。是我硬要跟着您的呀。"

爱美畏畏缩缩地躺了下来。

"我需要稍微掀起一点儿病号服……"

听到秀悟这句话，爱美脸颊绯红，把头扭到了一边，轻轻点了点头。秀悟则小幅度地甩了甩脑袋，解开她病号服的衣绳，露出衣服下面雪一样白的皮肤和淡粉色的内衣。秀悟将视线从爱美的胸口移走，努力让注意力都集中在上腹部敷着的那块纱布上。

"我要把纱布揭开看看，可能会有点痛，请稍微忍一下。"

秀悟揭开固定的胶布，掀起那块纱布。确认过纱布下面的伤口后，秀悟放心地发出一声轻叹。

纱布上虽然稍微沾了点血，但伤口缝合得很扎实。

"情况怎么样呢？"爱美弱弱地问。

"没事的，伤口状态很好，可能只是因为活动比较多所以才会痛。"

秀悟边说边再次将纱布固定起来，爱美的表情也放松了下来。

"谢谢您。然后……那个……"

爱美将视线从秀悟身上挪开，显得有些语塞。

"怎么了？"

"我的衣服可以盖回去了吗？……怪不好意思的。"

"啊，啊啊，当然。"

秀悟慌里慌张地把爱美敞开的病号服前襟合上。爱美躺在床上，羞涩地系起了病号服的衣绳。

系好衣绳准备坐起身时，爱美再次吃痛地表情一变。秀悟伸手护好爱美的后背，缓缓帮她坐了起来。

"从平躺状态起身时会用到腹部肌肉，所以才会痛的。"

"谢谢您。那个，我现在没事了。"

爱美坐在床沿，仰头看着秀悟。涂了樱色口红的双唇微张，然后很轻地吐出"啊……"的声音。

他们两个人的视线，就这样在极近的距离下纠缠到了一起。

他们的距离近到能感受彼此的呼吸。在如此近距离之下被那双水盈盈的大眼睛望着，秀悟不由得屏住了气。

"秀悟……先生。"

那声轻喘一般甜美的低吟抚摸过秀悟的耳朵。

爱美垂下眼帘，缓缓地侧过脸。秀悟仿佛被那温润的双唇吸引，靠了过来。

两个人的嘴唇很轻地触碰到一起。吻像棉花糖一样，柔软，甘甜。那触感霎时间麻痹了他的整个大脑。

"速水医生!"

下一瞬,从远处突然传来一声粗哑的呼唤。

秀悟猛地睁大眼,像触电一般离开了爱美。

"对,对不起!"

秀悟低垂眼帘慌忙道歉。

这是在干什么!怎么能被这种气氛冲昏了头,竟然对小自己十多岁的女性下手?而且,还是在现在这种状况下!

强烈的自我厌恶感折磨着他的心。

"没有……那个,请别在意,我也有点迷糊了……"

爱美那涂着淡粉色腮红的双颊红得更加厉害了。

"速水医生,你在哪儿!"

那个粗哑的声音再度响起。

"呃……那个声音,是院长吧?得赶快把它们藏起来才行。"

爱美指了指桌上的病历本。

"哦!对对!"

她说得没错。秀悟拉开书桌抽屉,匆忙将病历本塞了进去。在秀悟将抽屉合上的几乎同时,医生值班室的大门被打开了。

"速水医生!你在这儿做什么呢?"

田所踏进值班室,眼神尖锐地看向秀悟。他身后还跟着东野和佐佐木。

"院长,找我什么事?"

秀悟拼命掩饰着心中慌乱,开口问道。

"刚刚我一直在喊你,你为什么不出来?"

"欸?您喊我了?抱歉,我是听到有声音,但没想到您是在喊我。"

见秀悟说得如此平静,田所露出一个狐疑的表情。紧接着他看到了爱美,那两根粗眉毛顿时拧到了一起。

"你们俩干什么呢?"

"我检查了一下她的伤口,确认没有出血。在透析室那种开放空间病人不能放松。"

秀悟大概语塞了一秒,随后马上解释道。

"是吗?"

田所看上去似乎并不相信他的话,但也没有继续追问下去。

"说起来,刚刚那名患者的伤已经处理好了吗?他出血量很大啊。"

"嗯,处理完了,一切顺利。"

"那太好了。"

秀悟谨慎地回道。光看田所那锐利的眼神他就明白，对方不可能是为了告诉他们这件事才特意找来的。

"速水医生……"

田所压低了声音。

"你有没有进过我的房间？"

"啊？您的房间？"

秀悟小心不让自己表现得太不自然，他眨了眨眼。

"呃，院长您的房间……我记得是在五楼吧？"

"对，在五楼。这几十分钟之内你有没有去过？"

田所直勾勾地盯着秀悟的脸，再一次质问他。

"怎么可能？当然没有。从刚刚几位着手处理那名男病人开始，我们就一直待在二楼，对吧？"

秀悟扭过头寻求爱美的认可，爱美也赞同地说了声"是的"，点了点头。

"真的吗？"

田所睁大了他的单眼皮眼睛，靠近秀悟。秀悟直面田所的视线回答道：

"是啊，真的。话又说回来，我们为什么要去院长的房间呢？"

被如此一反问，田所脸颊上的肉猛然一抖。见对方如此反应，秀悟确信了，这个男人一定隐瞒了什么。

而且，他来得也太晚了。自己和爱美回到二楼已经三十多分钟了。也就是说，田所应该在那间标着"备用品仓库"几个大字的门后待了很长一段时间。

那扇门后究竟有什么？秀悟上挑眉眼盯着田所。

"院长办公室里发生什么了吗？"

见田所沉默，秀悟乘胜追击，继续追问道。

"院长办公室被人翻乱了。"

田所低吼道。

"院长办公室吗？被谁？"

"我就是不知道谁干的所以才来找你的。"

见秀悟摆出惊讶的表情，田所苦涩地说。秀悟猛眯起眼：

"院长，您该不会怀疑是我把您房间翻乱了吧？"

"这，我倒并没有这个意思……"

见秀悟占了上风，田所撇着嘴不作声了。

"您首先怀疑的不该是我，而是那个小丑才对吧？"

秀悟指出这一点。田所一听,一脸不可思议地咕哝道:"那个小丑?"

"是啊。那个小丑会突袭这家医院,会不会根本不是偶然呢?"

听到秀悟的这个说法,田所十分明显地慌乱了起来。

"你说什么呢……他为什么要对这家医院……"

田所变得语无伦次,秀悟眼神冰冷地望着他的脸:

"我怎么知道为什么呢?我只是一个在这儿兼职的值班医生。关于这家医院的事,我可是一概不知啊。"

"真的吗?你真的什么都……"

田所已经彻底丧失了冷静,试图向秀悟逼得更近,此时东野突然伸出手,搭在了田所的肩上。

田所猛回过头,东野对他使了个眼色。

"啊……"

田所轻叹一声,随后露出一个苦涩隐忍的表情。

"那,那速水医生确实没去过我房间是吧?"

田所的语气突然弱了下去。

"我说过很多遍了,我没去过您的房间。如果真有人弄乱了您的房间，那也应该是小丑干的。"

"你说我干了什么？"

正在秀悟耸耸肩说出这句话的瞬间，一个低沉的声音响起。所有人循着声音看了过去。

门外，佐佐木的背后，小丑不知何时已经站在了那里。佐佐木发出一声高亢的尖叫，迅速逃进了医生值班室。东野也慌忙照着她的样子躲了进来。

小丑依然举着手枪，逐一端详着挤在狭窄值班室里的几个人。

秀悟站起身试图护住背后的爱美，眼睛死死盯着小丑。

"喂，你们怎么回事啊？怎么都不说话了？上学的时候老师没教过你们要好好回答问题的吗？"

小丑将手枪缓缓抬高，枪口直对着田所。

"院长办公室好像被人翻乱了。"

秀悟语气僵硬地回答。

"嗯，院长办公室？"

小丑的枪口这一次移到了秀悟身上。眼看黑洞洞的枪口直冲着自己，秀悟感觉后背都冒出了冷汗。

"是的，五楼的院长办公室刚刚被人翻乱了。院长怀疑是我干的，所以我们在争论这件事。"

秀悟舔舐着干燥的口腔，重复道。他看到小丑反复眨了几次眼，随后发出闷闷的嗤笑。

"那是我干的啦，是我把院长办公室翻乱的。"

小丑轻松承认了自己就是入侵院长办公室的人，令秀悟十分惊讶。他原以为小丑肯定会坚持否认的。

"什么嘛，你们几个就因为这点事情在吵嚷？真蠢。是我，全都是我干的啦。"

"你……你为什么要翻乱我的房间？"

田所的语气里满是不安。

"为什么？当然是为了钱啊。"

"钱？"

田所疑惑地低声重复。

"是啊，钱。除了钱还能有什么别的吗？到第二天早上还有点时间，所以我就在这家医院到处转悠，看还能不能搜刮点零花钱。结果我就发现这医院最上层有个房间啊，一看就像是藏了钱的样子。所以我就在那儿玩了一会儿寻宝游戏。现金虽然没找到，但是桌子抽屉里可是有不少商品券，搜罗的成果不错哦。"

小丑摆出一副厚颜无耻的神情，仿佛又要开始用鼻子哼歌了。

"那就是说,你把我房间翻乱的目的就只是找钱?"

"你烦不烦啊,我不是早说过了吗?"

小丑斩钉截铁地甩了甩头。与此同时,秀悟敏锐地注意到田所发出一声极微小的安心叹息。

"你要是还在哪儿藏了钱,就赶快给我找出来!如果额度够大,我可以直接走人。"

小丑说罢,转身要走。

"等等!"

田所突然对着小丑的后背发出一声大吼。小丑猛转过身拿枪对准田所。田所急忙举起双手。

"别吓唬人啊。我差点随手把你崩了!"

"抱歉,我只是有话想和你说。"

田所依旧高举双手,语速很快地解释着。

"你有话想和我说?"

小丑那面具下的一双眼睛眯了起来。

"对,没错。但是我想再确认一下,你说钱拿够了可以直接走人,真的吗?比如说,一个小时之内就走之类的……"

"没错,只要给我的钱多到令我满意,我可以马上走。"

似乎是闻到了金钱的味道,小丑不禁压低了声音。

"你想要多少?"

田所放下双手,缩起下巴,翻着眼睛向上瞄着小丑。

"一千万吧。如果你给我的现金能超过一千万,那我现在就走。"

田所抿紧了嘴低下头,陷入数十秒的沉默。小丑并不催他,只是静静等着他开口。最终,田所缓缓张开他那厚厚的嘴唇,道:

"和我去趟院长办公室。"

一到院长办公室,田所便拖着他那被子弹打中的脚,走进房间深处。

在田所说出那句"和我去趟院长办公室"几分钟之后,秀悟他们就被拿着手枪的小丑一路赶上了五楼。

田所率先走进院长办公室内,佐佐木、东野、爱美、秀悟也鱼贯而入。小丑走到院长办公室入口处就站住了。

田所一路走到房间深处那个抽屉全都被抽走了

的办公桌边。

"我按你说的跟你进来了,这儿有什么啊?"

小丑语气不疾不徐地问道。

"我得再确认一次,只要你拿到钱……拿到超过一千万的钱,你马上就能走是吧?"

"对。"

小丑点了点头。

"知道了。"

田所走到房间最靠里面的一个角落,蹲下了身。或许是遭受枪击的脚太过疼痛,田所的表情看上去有些扭曲。只见他伸出手指,按动了一块乍看之下毫无特点的地板。"咔嚓"一声,一个小把手从两块地板中间弹起。田所用指尖勾住那个把手,稍一用力,只见一块五十厘米见方的地板就被拎了起来,地板下面藏着一个小型保险柜。

只见田所从裤子口袋里掏出一串钥匙,用其中一把打开了保险柜的锁。开锁声格外大,整个房间的空气都为之一震。

田所动作迟缓地将双手伸进打开的保险柜中,取出一个尺寸不大的波士顿包,拉开拉链。

虽然秀悟内心对包里的东西早有准备,可当实际看到时他还是下意识地屏住了呼吸。那包里塞满了一捆捆的现金。

田所把波士顿包拉得大敞着口,展示给小丑看。

"这包里有三千万。你都可以拿走。请马上离开这儿吧!"

田所表情扭曲地大声说。

小丑什么都没说。他一边举枪震慑着秀悟他们,一边缓缓走进了房间之中。他垂下头,看向跪在地上一副谄媚相,快哭出来了的田所道:

"滚开。"

小丑低声咕哝。

田所松开抓着那只包的手,慌里慌张地向后退去。

"这钱怎么来的?"

小丑望着保险柜,语气毫无起伏地问道。从他那语气之中听不出任何得了一笔横财的喜悦。

"这个,要怎么说呢……是我个人的钱……"

田所含含糊糊地解释道。

"个人的钱,是吧?你的意思是,你要把你的私人财产送给我是吗?你可真大方。"

小丑的语气之中带着一丝嘲讽,随后他突然将枪口对准了田所。田所慌忙抬起双手挡住自己的脸。

"不，不要！钱我已经给你了啊！拿着它走吧！"

"别那么害怕啊。我这是在表扬你呢，你这是自掏腰包保障他人安全呢。"

"呃，当然了。我是这家医院的院长啊。我有责任保障这家医院所有人的安全。"

田所紧紧蜷着身子回答道。可就在这一瞬，小丑突然将手枪的枪托狠狠砸到了墙上，重重的一声响回荡在房间之中。

"你开什么玩笑啊？保障医院里所有人的安全？这种事你压根儿没想过才对吧！"

小丑突然爆发的怒火把秀悟惊得睁大了眼睛。

"不，我是真的，真的替大家考虑才……"

田所恐惧地小声解释，小丑再一用用枪托猛砸墙面。田所的身体颤抖起来，仿佛被那一记猛砸击中了。

"别扯那些毫无意义的借口！你给我老老实实地回答！这个保险柜里只有钱吗？"

"只有钱。真的只放了钱，请相信我！"

"谁会相信你！你把保险柜里的东西藏哪儿去了？快告诉我！快说！"

小丑激动地怒吼着，唾沫从面具嘴巴的位置喷溅横飞而出。他看上去仿佛失去了理智。只见小丑眼珠通红，大步靠近田所，将枪口抵在了田所的额头上。

"为什么不说话！说啊！你把保险柜里的东西藏哪儿了？再不说，我就……"

小丑的食指已经扣在了扳机上。他要开枪了。秀悟如此断定，忍不住闭上了眼。

"住手！"

一记穿透力极强的喊声回荡在整个房间之中。

秀悟睁开眼，他哑然呆望着喊出这一声的人物。那是站在他身边，死死盯着小丑的爱美。

"你说什么？"

小丑喊道，声音好似野兽的怒吼。他的枪口还对着田所，眼睛却狠狠瞪着爱美。爱美脸色苍白，肩膀也在小幅度地哆嗦着，但她没有回避和小丑的眼神接触。

"我，我虽然不知道发生了什么，但是你不能开枪，求你了……"

爱美气息紊乱，断断续续地说。

"你要是什么都不知道就赶紧给我滚一边去！和

你没关系！"

小丑的语气之中暗含威胁，但他也逐渐找回了之前的冷静。

"因，因为你之前自己说的啊，你说万一杀了人就会判死刑，你不想杀人。所以，求你不要杀人，要我做什么都可以……"

爱美面无血色地反复强调着。小丑的手指还扣在扳机上，死盯着爱美。

整个房间处在一种剑拔弩张的气氛之中，或许是太过紧张的缘故，秀悟感觉自己已经丧失了距离感，小丑那张丑恶的笑脸仿佛正向自己逼近过来。

最终，小丑大声咂嘴，放下了枪。房间里紧绷的气氛顿时松弛了下来。秀悟才发现自己刚才甚至忘记了呼吸，于是他重重喘出一口气，田所则当场瘫坐在地。

小丑再度大声咂嘴，伸手拎走装了钱的波士顿包，大步走向出口，离开了房间。

"院长！"

小丑刚刚从门边消失，东野便冲向了田所，佐佐木也紧随其后。

"太好了……"

爱美弱弱地低吟一声,身体摇晃起来。秀悟急忙揽住她的肩膀,支撑住她的身体。

"没事吧?"

"没事。只是感觉突然脱力了。对不起,让您看到我这么丢人的样子。"

爱美虚弱地冲他露出一个微笑。

"没有的事,你很勇敢。"

他由衷地钦佩爱美。当时那一瞬,自己根本一动都不敢动。可就在几小时前还惨遭那男人枪击的爱美,竟然在这时做到了力挽狂澜。她那与柔弱外貌不符的坚韧意志令秀悟感到惊讶。

"院长!院长!"

听到东野在呼唤,秀悟扶着爱美也走到房间深处查看情况。或许是刚刚险些被枪杀的精神冲击太过猛烈,田所此刻依然如软体动物一般瘫在地上。

"我们先让爱美小姐和院长躺到床上休息一下吧,哪儿有空床?"

秀悟对围在院长身旁手足无措的东野和佐佐木说道。只见这两名护士互相对视了一眼,随后开始小声商量起了什么。

"那个,治疗用的床只有一楼的接待处才有。可是现在小丑就守在一楼啊。三楼四楼的护士休息室倒是有沙发……"

东野耸了耸她生着赘肉的脖子回答道。

"那就带他们去二楼,让他们在透析床上休息休息吧。"

因为有小丑在,所以他们得尽量避开一楼。不过那个男人并不只是待在一楼,他会坐着电梯满医院转悠。所以无论去哪儿,风险都差不多高。

东野踌躇数秒,点头说了句"明白了",随后便和佐佐木一起扶着丧失了力气的田所站起身。

"走吧,你身体可以吗?"

秀悟柔声问爱美。

"可以的……不过需要借秀悟先生的肩膀才行呢。"

爱美有些羞涩地回答。

3

让爱美平躺在床上后,秀悟坐到床边的一张折叠椅上,抬手搔了搔鼻尖。他向前一望,就看到了躺在另一张床上的田所,还有旁边站着的两个一脸不安的护士。秀悟坐在透析室的深处,距离靠近楼梯的田所那边大概有十五米。护士们费尽力气支撑着田所那肥壮的身子从楼上下来,把他放在了距离楼梯最近的位置。于是秀悟他们就选择安顿在房间最深处的另外一张床上。

秀悟十分确定,田所他们一定在隐瞒着什么。而且,小丑之所以入侵这家医院也和这个"秘密"有关。

或许是精神上的打击已经逐渐恢复,只见田所虽然还躺在床上，但已经在和两个护士聊着些什么了。因为有意压低了音量，所以秀悟完全听不清他们的对话内容。

不知为何，秀悟还发现佐佐木会时不时地偷瞟他们这边。

"秀悟先生。"

爱美在呼唤他，于是秀悟看向躺在床上的爱美。

"怎么了？肚子痛吗？"

"不，我不要紧。我是在想，那个小丑为什么会在院长办公室发那么大脾气呢？"

爱美悄声问道。

"我也不知道。不过，那小丑的确应该不是偶然来到这家医院的。"

"那个小丑……好像在找些什么对吧？而且不是钱……"

爱美的视线扫向田所他们。原本看向这边的佐佐木慌忙转过了脸。

"是啊，而且我猜院长可能知道那个小丑在找什么了。"

"和我们收集的病历本里面的内容有关吗？"

听到爱美这句话，秀悟想起了那七名病人的手术相关内容。

小丑男，七名患者，上了锁的仓库，藏起来的保险柜……头脑之中飘荡着各色的片段，但是他缺少能把这些碎片拼接起来的关键性要素。

田所和东野面对着面商量着什么。一步之外，佐佐木还在侧目偷瞟着秀悟他们这边。于是，秀悟和她视线相触到了一起。

佐佐木瞬间垂下了脸。她缓缓离开田所躺着的那张床，逐渐向秀悟他们这边靠近。或许是聊得太过专注，田所和东野都没注意到佐佐木的举动。

"院长的情况怎么样啊？"

见佐佐木走了过来，秀悟先发制人地问了这么一个不疼不痒的问题。

"应该没什么大碍，多谢您关心了。"

秀悟仔仔细细地观察着言辞畏怯的佐佐木，将她从头到脚审视了一番。这个外貌看上去十分命苦的护士究竟出于什么目的突然靠近他们？秀悟猜不透她的意思。

"那，您过来是有什么事吗？"

"没事。我只是担心这位女士的身体状况……"

听到秀悟的问题，佐佐木垂下脑袋，用一种很难听清楚的含糊口吻回答道。

"担心我吗？我没事了，除了稍微有点疼，别的都很好。您不必担心。"

爱美指着自己，缩了缩脖子。佐佐木则直勾勾盯着她。

"那个，是我有哪里不对劲吗？"

爱美依然缩着脖子，有些疑惑地问道。

"不，没什么……对不起。"

有那么一瞬，佐佐木似乎准备从爱美床边离开，可下一秒她好像又突然改了主意，转而凑近爱美耳边，轻声嗫嚅了些什么。

"欸？那个……您在说什么？"爱美有些讶异地皱起眉。

"不，没事。请您别在意，抱歉，说了些奇怪的话。"

佐佐木深深低头致歉，头埋得能看到发旋。随后她就小跑着离开了。秀悟看着她跑走的背影歪头疑惑。所以，佐佐木究竟是出于什么目的突然靠过来的呢？他没明白。

"她是什么意思？"

秀悟转头问爱美，可爱美也和他一样地疑惑歪头。

"其实,我也没太懂。她说的是什么'还有一个人''小心院长'一类的。"

还有一个人?小心院长?这究竟是怎么回事?

佐佐木一路回到了田所的床边,但那两个人还在表情严肃地聊着什么,她可能插不进话,所以只能无所事事地戳在一旁。

只见她在田所床边站了几十秒,然后又晃晃悠悠走向楼梯,缓缓迈上了楼。

她究竟想去哪儿呢?是不是觉得情况相对稳定些了,所以准备去查看一下住院病人的情况?

这时,他听到有床铺发出的吱嘎声。秀悟回过头,发现爱美不知何时已经走下了床。

"怎么了?"

秀悟问。

"没,没事……"

爱美言辞含混地敷衍了一句,穿上了鞋。

"欸?你要去哪儿?"

"那个……我去去就回啦。"

秀悟发现爱美的回答不清不楚,顿时感到有些不安。

"你独自行动很危险,我陪你一起。"

"这，稍微有点不方便……"

"怎么了？怎么突然想单独行动？你之前不是一直都很怕自己一个人的吗？是不是刚才那个护士说了什么啊？"

爱美她该不会想去尾随佐佐木吧？

"不，和护士没有关系。只是你这样子跟着我不太行……"

"那你至少告诉我你要去哪儿啊，不然的话……"

"洗手间……"

爱美声音小得像蚊子叫，但语气强硬地打断了秀悟的话。秀悟从嗓子眼里挤出一声傻傻的"啊？"

"所以，我说了我要去洗手间！你不要跟着我，会很不好意思的。我马上就回来啦。"

爱美红着脸对他说。

"啊，呃……这，那你慢慢来。"

"你好烦！"

爱美鼓起腮帮，扭头大步走向几米开外的大门，消失在了门口。那边只有一个医生值班室的厕所而已，应该没什么危险。

自己是不是惹怒她了？秀悟脸上挂着一个抽搐的笑容，又看向田所和东野。此时，他脑海中浮现出了佐佐木轻声说出的那两句话。

"还有一个人""小心院长"。

佐佐木该不会是在试图警告他们些什么吧？然后正准备开口又想到了什么，于是迟疑了……如此想来，佐佐木刚才的举动似乎就很合理了。

秀悟就这样近乎无意识地从椅子上站起来，向田所躺着的病床走去。待他靠近，田所和东野顿时不说话了，一齐抬头看向秀悟。

"速水医生，有事吗？"

田所摆出一个一眼就能识破的做作笑容。那表情搞得秀悟心底一阵不爽。

"您究竟在隐瞒些什么？"

秀悟单刀直入，劈头第一句就是这个问题。田所和东野脸上那几块控制表情的肌肉全都猛地一抖。

"隐瞒？你是什么意思？"

田所依然挤着微笑问道。可他的脸颊明显在痉挛。

"要问这个问题的是我。那个小丑在寻找除金钱之外的某种东西。他究竟在找什么？他的目的究竟是什么？"

秀悟步步紧逼，田所脸上的笑容如退潮一般转瞬消逝。

"请不要说这么奇怪的话好吗?那个脑子有问题的男人是什么目的,我怎么可能知道?"

"不,院长,那个小丑的目的您一定知道。"

秀悟凑近田所的脸,坐在病床上的田所轻轻躲开他的逼视。

"那个小丑的脑子并没问题。他说他抢劫失败所以跑来这家医院,这一定也是在说谎。他是有计划地把这座医院封锁起来的。目的就是找出您此前一直在努力隐藏的'某样东西'。"

秀悟注意到田所和东野彼此使着眼色。两个人都摆出一副守口如瓶的态度,看样子无论发生什么事,他们应该都不准备把那个"秘密"说出口了。秀悟情绪焦躁地继续道:

"之前在三楼倒地的那个男人……事情是不是和他有关?"

田所和东野的表情之中闪过一瞬的动摇。

秀悟开始琢磨起了后手。他现在应该说出包含"新宿11"在内的七名病人都接受了奇怪手术的事实吗?不过他又觉得自己现在似乎没必要咬得那么紧。刚刚田所险些遭受枪击,却都没有把那个"秘密"说出来。万一被他知道自己读过那七名病人的病历……秀悟实在预想不到他会采取什么样的举动。

至少眼下，他还不打算彻底站在田所他们的对立面上。现在最重要的并不是搞清楚"秘密"，而是保证所有人平安无恙地熬到早上。

秀悟就这么和他们两人对视着，一动不动。这种胶着的状态煎熬着他的心。

"秀悟先生？"

肩膀突然被人拍了一把，秀悟吓得叫出了声。他一回头，发现爱美正一脸疑惑地站在他身后。

"别，别这么吓我啊！"

秀悟右手捂着胸口，一边压着快要跳出嗓子眼的心脏一边说道。他过于关注田所他们了，以至于完全没注意到爱美回来。

"我没想要吓你啦……"

爱美有些不乐意地噘起嘴。

"啊，对不起，我就是……吓了一跳……"

秀悟慌忙找补自己说过的话。爱美的出现让剑拔弩张的气氛松弛了下来。田所和东野也是一副锐意顿减的样子。

"咱们回那边吧。"

爱美提醒秀悟。

"那个，呃……您是叫……川崎女士吧？"

田所战战兢兢地同爱美搭话。

"是，有什么事吗？"

爱美停下了脚步。正在这时，田所突然低头向她猛鞠了一躬。那片秃头顶直冲着秀悟他们。

"十分感谢您刚才出手相救。"

田所这出乎意料的行为使得秀悟反复迷茫眨眼。爱美则忙不迭地摆着手：

"没事的……一点儿小事……"

她小声说。

"多亏了您，我才免于遭受枪击。您是我的救命恩人。真的非常感谢您。我从刚才起就一直想向您道谢，可惜一直没找到机会。"

田所一直保持着低头致谢的姿势，口中也始终说着感谢的话。

"真，真的不用这样谢我……"

爱美求助地看向秀悟。秀悟耸耸肩，露出一个苦笑。这时，他听到一阵脚步声从楼梯那边传来。

秀悟还以为是佐佐木回来了，于是随意扭头那么一看，顿时，他的苦笑僵在了脸上。同时，爱美也发出小声的惨叫,一旁的田所和东野倒吸了一口凉气。

是小丑从楼下走上来了。

一楼和二楼之间的楼梯应该已经被锁上了才对啊。他是专门解了锁上来的吗?

"有事吗?"

秀悟一边将爱美挡在身后,一边缓缓开口问道。可小丑却没有像此前那样语气轻佻地回答他。看见情绪状态明显发生了变化的小丑,秀悟感觉自己的心跳开始加速。

"哦,我就是想消磨消磨时间。到天亮不是还有挺久吗?"

小丑说着,眯起了眼睛。某种不祥的预感令秀悟脊背发凉。

"消磨时间……是什么意思?"

"和你无关。"

小丑压低声音,用手枪对着秀悟。

"滚一边去,我要找的是你身后那个女的。"

小丑高举着手枪缓缓靠近,秀悟依然站在爱美前面,紧咬着牙关。

"你找她什么事?"

"我说了和你无关。赶快给我滚！不然我一枪崩了你。"

小丑的手指扣住了扳机，秀悟全身都紧绷起来。正在这时，身后的爱美挺身站到了秀悟前面。秀悟慌了，急忙想要再挡住她，可是枪口指着他，拦住了他的举动。

"找，找我有什么事？"

爱美的声音有些沙哑，但态度刚毅。小丑一边用手枪压制着秀悟的动作，一边靠得更近了。他将脸凑过来，用眼神将爱美从头到脚扫了个遍。

"你刚刚好像和我说了些相当自负的话对吧，什么来着？'要我做什么都可以'是吧？我看你蛮有心嘛。"

小丑那满是戏弄欺凌的语气听得爱美咬住嘴唇低下了头。

"我想了想，你既然说了做什么都可以，那我就给你找件事做吧。"

小丑一边说着，一边伸出左手，抚摸爱美长长的黑发。

"什么事？"

爱美别开脸，声音细微。

"陪我,一直陪到早上。"

"陪……"

爱美的表情在恐惧之下顿时变得扭曲,紧接着,小丑的左手一把抓住了爱美的手腕。

"你又不是小孩,当然懂我的意思了。跟我去一楼,满足我,一直到天亮,明白了吧!"

"不要,放开我!"

爱美扭动身子要逃,强壮的小丑看着她挣扎的样子,似乎十分享受。

"行啊,你可以尽情挣扎,这样更有意思。"

小丑说出这句话的瞬间,秀悟猛冲了上来。

大脑深处喷涌而出的怒火已经将理性彻底吹飞了。他满脑子只有打倒眼前这个小丑,帮助爱美。

激昂的情绪缩小了他的视野,他眼中只有小丑。而小丑回过头看到他时,也不禁惊讶地睁大了眼睛。秀悟紧握的拳头向着小丑的侧脸挥去。可就在那一瞬间,他的左太阳穴也遭到重击,整个视野顿时一片雪白。

秀悟一时弄不清究竟发生了什么,他听到爱美大喊"秀悟先生!"的声音从很远的地方传来。

随后,一双鞋子踏进了他模糊不堪的视野之中。

秀悟的视线沿着那鞋子缓缓上移，待他明白过来是小丑在看着自己的脸，才终于意识到自己倒伏在了地上。在他挥拳殴打小丑的瞬间，自己的侧头部被枪托击中了。

秀悟双手撑地，想坐起身。可大脑和身体相连接的那些神经仿佛都断掉了，一点儿都用不上力气。

他被打出了脑震荡，眼下很难活动。作为医生，他很快把握了自己的现状。同时，一阵绝望也开始啃噬他的心。

这样一来，他就帮不了爱美了。这么下去爱美会沦为小丑的玩物。

"你这家伙，还真敢啊。"

小丑低头看着秀悟，枪口也指向他。秀悟的视线和意识都紧紧跟随着那枪口。

"求求你不要！"

正当小丑缓缓扣动扳机的同时，爱美的声音不知从何处响了起来。秀悟努力转动自己唯一能动的那只眼睛寻找爱美的身影，但却并没找到。

"我听你的，求你不要杀他。"

爱美似乎压抑着情绪，她的声音听上去毫无起伏。

"不行啊！"秀悟想要大喊出来，可是他的舌头僵硬，连声音都发不出。原本因愤怒而龇牙咧嘴的小丑听到爱美这句话，展露出了笑意。

"喂，你听到没有？这个女的可是来兴致了，主动想要陪我哦。"

小丑的这句话中充满嘲讽。上涌的怒火将断开了连接的大脑和身体又接到了一起，秀悟颤抖的手伸向小丑的腿。只见小丑猛地后撤一大步，躲开了秀悟的手。

"你就好好在这儿睡吧。"

伴随着这最后一句话，原本后撤的那只鞋子猛地飞向秀悟的脸。他连眼都没有眨，只能眼睁睁看着这一幕发生。

一声钝响，秀悟的意识就这样坠向了黑暗。

他听到一个声音，是女人的声音。

是爱美吗？不，不对，是上了些年纪的女人的声音。

"……医生，速水医生。"

意识缓缓恢复，秀悟抬起了眼皮，散发雪白灯光的日光灯映入眼帘。灯光太令人目眩，秀悟不由得眯起了眼。

"这里是……"

吐出这几个字的同时,秀悟感到头部一阵剧痛。他皱起眉,试图掌握此刻的状况。从视野一隅看到了东野的脸,随后他意识到自己正倒在地板上。

"清醒过来了?您知道自己现在在哪儿吗?"东野问。

"在哪儿?我在田所医院……"

话说到这儿,田所的脸也出现在了他的视野之中。看样子,这两个人似乎正低头查看着倒在地板上的自己。

"定向能力没有异常,那您知道发生了什么吗?"东野又问。

发生了什么?有个小丑冲进医院,他带来了一名受伤的女性……叫爱美……爱美?

想到这儿,秀悟睁大双眼猛地坐起身。紧接着,头晕目眩伴随剧烈的头痛袭来。但现在不是在意这些的时候。

"爱美呢?她在哪儿?"

秀悟哑着嗓子大喊,东野和田所则双双垂下眼。他们的态度表明了一切。爱美被那个小丑带走了。

头脑中的迷雾顿时一扫而光。

"我昏迷了多久？"

秀悟一把抓住东野的胳膊问道。

"大约五分钟。"

东野躲避着他的视线回答。五分钟。五分钟的话，应该还来得及。秀悟站了起来，就在起身的瞬间，视野之中的一切猛然摇晃。他腿脚一软，险些摔倒。东野和田所慌忙扶住了他。

"不行，您现在有脑震荡的症状，得好好休息。"

东野用一种妈妈哄孩子的语气劝说着他。

"休息？她可是被那个人带走了啊！"

秀悟大喊着。东野瘪着嘴沉默了。

"我必须去帮她……"

秀悟甩开两个人的手，急急地向着眼前的楼梯冲去。可他脚下好似踩着棉花一样用不上力气，一阵焦躁感烧灼着他的心。

"我们也无能为力啊。"

东野仿佛自言自语一般咕哝了一句。她这句话把秀悟气歪了嘴。

"无能为力是什么意思！"

"就是字面意思，我当然也觉得她可怜，可是人家拿着枪,再说了,她又不是要被杀了……"

秀悟几乎下意识地一把揪住了东野的白衣衣襟。

"你的意思是只要没被杀了就怎么都行是吗?她是我的病人,我一定要帮她!"

东野毫不费力地推开了秀悟的手。

"那你说要怎么办?能帮的话,我们早就帮了。我们也不容易好吗?别再摆出那副只有自己仗义行侠的架势了好吗?"

东野这番话激得秀悟咬紧了嘴,犬牙陷进嘴唇之中,浅浅咬破了唇上的皮肤。嘴巴里顿时扩散开一股血的味道,还伴随着一阵锐痛。不过,这疼痛也稍稍平息了他沸腾的理智。

眼下不是和东野争吵的时候。他现在需要思考的只有一点:怎么做才救得了爱美?

那个男人手里有枪,而且体力很好。自己被打出脑震荡,肯定是赢不了他的。去找找看有什么能拿来做武器的东西吧?不过,哪儿能找到可以对抗手枪的武器呢……

快想!快想啊!要怎么做才救得了爱美!

"速水医生,非常可惜,眼下……"

田所战战兢兢地开口。

"闭嘴！不要打扰我！秀悟狠瞪着田所，这时，某样东西突然从他大脑深处冒了出来。

"手机。"秀悟突然小声吐出这个词。

"啊？"

田所疑惑地眯起眼，秀悟则一把抓住了他的双襟。只见田所脸上浮现出恐惧的表情。

"你，你要干什么！"

"给我手机！把我的手机还给我！"

秀悟喷着口水厉声大喊。

"手机？你要手机干什么？"

"我没空和你解释，快给我！"

秀悟拼命地前后猛摇田所的身体，田所的脑袋被他摇得剧烈晃动起来。

"我，我知道了，知道了，快放开我……"

听到田所答应下来，秀悟才松开了手。田所重重喘了口气，又开始整理自己被扯乱的外套。

"快点！"

秀悟的怒吼震得田所一哆嗦，慌忙伸手摸进白衣口袋，掏出了秀悟的手机。

秀悟向田所伸出手，可是田所并没有把手机放到秀悟手上。

"你究竟要拿它干什么？"

"别问那么多了，快交给我！"

秀悟向田所逼近，可田所却转而把抓着手机的那只手背到了身后。

"你该不会……是想报警吧？"

"快给我！！"

秀悟的吼声震得整个房间都在抖，可田所却没有因此而退缩。

"如果你准备报警，那这手机我可没法给你。所以，请告诉我你究竟要用它干什么？"

"反正我也报不了警的，不是吗？这手机从刚才开始就一直没信号啊！"

听到秀悟这番话，田所吃惊地睁大眼，将手机举到眼前查看。就在这个瞬间，秀悟一把抢走了手机。

他查看了一下信号情况。果不其然，手机屏幕上依然显示"无信号"。这东西现在就和一块砖头无异，可是，如今他也只能孤注一掷了。

秀悟下定决心，随后抬脚迈向楼梯。踉踉跄跄的脚下也多少能带上些力气了。

秀悟小心翼翼地下着台阶，生怕一脚踏空。拐过拐角平台，他便看到了楼梯入口处关着的那扇铁门。接待处的光亮已经消失了。

"出来!"

楼梯走完,秀悟抓住铁门,使出最大的力气大喊起来。透过铁栅栏门向外看,他既看不到小丑,也看不到爱美。他拼命地晃着铁门,"哐当哐当"的刺耳噪声传遍四周。

"出来!滚出来!不然要你好看!"

秀悟喊得声嘶力竭,嗓子冒烟。他拼命驱散脑中想象到的最坏的可能性,不停地大声喊着。

大约喊叫了一分钟,一个很轻的脚步声敲击起了他的鼓膜。秀悟不出声了,他向后退了一级台阶,从铁门旁让开一步。紧接着,小丑出现在了门那边。

"干什么啊?吵死了。我正要开始享受呢,都没法集中精神了。"

小丑左手拿着手枪,调整着已经松开的腰带。看到这一幕,秀悟感觉周身的血液仿佛突然逆流。

"她……她没事吧?"

秀悟费力从嗓子眼里挤出声音。小丑轻声一笑,道:

"我正要开始呢,把你赶走了我们俩就能好好享受了。"

"你把她带去哪儿了？"

"她现在正在里面那个房间的床上躺着，湿漉漉地等着我回去呢。好了，你赶紧乖乖滚回楼上去，这样就谁都不会死咯，我会好好关照那个女人的。"

小丑戏谑地说。秀悟死死咬着牙忍耐，避免再次被愤怒冲昏头脑，冲上去殴打小丑。

"把她带过来。"

秀悟死死瞪着小丑，一字一句地说道。原本闷声呵呵笑着的小丑突然停止了笑声。

"你说什么？"

"我说，把她带过来，马上。"

秀悟说完这句话的同时，小丑举起的枪口对准了秀悟。

"你以为你是谁？能下命令的是我！你们都得乖乖听我的话！"

"把她带过来。"

秀悟重复着同样的话。小丑口中发出咬牙切齿的声音。

"你这家伙，别得寸进尺，你想挨枪子儿吗？"

小丑的手指扣在了扳机上。秀悟拼命压抑着心底的恐惧，将手中的手机举高。小丑的视线落在了那部手机上。

"什么玩意儿?"

"一看便知,手机。我高中同学是警察,所以我给他写了一条信息,告诉他有强盗把我们医院封锁了。"

"你说什么?"

小丑睁大双眼瞪着他。

"放心,这条信息我还没有发送出去。不过我只要一碰发送键,信息瞬间就会发出去,会有大量警察将这里包围。你要是不想这种事发生,就马上把她给我带过来。"

秀悟看向手机的屏幕。此刻屏幕显示的只是一个普通的待机画面。什么信息,什么同班同学是警察,这都是他捏造的。再说,一个没信号的地方也根本发不出信息。

秀悟吞了吞口水,等待着小丑的反应。如果屏蔽这家医院信号的行为本就是小丑所做,那么他这一招肯定就没用了。可是,眼下他也只能把这番谎话贯彻到底。

数十秒近乎窒息的沉默,小丑缓缓开口道:

"我也可以在你按下发送键之前,就一枪杀

了你。"

他上钩了！一听到小丑这样回应，秀悟心中发出一阵喝彩。

"就算中枪，在死前发送短信我还是能做到的，不然你就试试看？"

听到秀悟这句挑衅，小丑大声咂了咂嘴。

"开什么玩笑！我从一开始可就警告过你们的，一旦报警，我就把你们全部杀了。你是想说哪怕会死你也要这么做吗？"

小丑紧盯着他问，秀悟大方地直面他回答：

"你要是做得到就试试看吧，那样做你就把自己也毁了。到时候的下场不是当场被射杀，就是在监狱里蹲上好几年然后被行刑吊死。"

"你疯了吧？"

小丑似乎被秀悟的气势压制住了，语气中生出一丝迟疑。

"我疯了还是没疯都无所谓！但只要你没把她带过来，我就报警然后拉你垫背。我只给你两个选择，放了她，或者让我报警，你自己选！"

秀悟一口气吼完，一边努力调整紊乱的呼吸，一边等着小丑的反应。只见小丑憎恶地狠瞪着秀悟，一脸讥讽地歪咧着嘴道：

"你看上她了？"

"你在说什么？"

秀悟毫无防备地被这个问题问得一愣，不由得皱起了眉。

"你看上那个女的了吧？否则何必为了一个今天第一次见面的女人做这些？"

我喜欢上爱美了？秀悟扪心自问：自己为什么会为救爱美如此拼命？只是因为看不得一个孱弱的女孩子在自己眼前遭袭？还是因为她是自己亲手治疗的患者？抑或……

他找不到答案。

"呵，那女的长得倒是还不错，但也没什么特别的吧，就是个普普通通的女人而已。走在大街上和这种女人擦肩而过，你甚至都不会再回头看她一眼。"

"所以……你究竟想说什么？"

"那家伙不值得你拿命来救。你和她相遇的境况太过特殊，所以才误以为是命运的安排，结果就爱上了她。其实你对她的那种感情全都不真实。"

说到这儿，小丑扬起了唇角，随后继续道：

"所以，你就老老实实在楼上等着吧。那个女人的任何遭遇，都无须你来负责。"

然而秀悟依然举着那部手机，死盯着小丑开口道：

"你想说的就这些，对吗？"

秀悟口中吐出的这句话干涩得不含任何情感。小丑耸耸肩说：

"嗯，就这些。"

"那就在一分钟之内把她给我带来，否则我就发信息。我不是在开玩笑。仅限一分钟。"

小丑咧着嘴的笑，变成嘴唇上翻着龇出牙龈的表情。

"你这蠢货！"

小丑骂了一声，转身消失了。秀悟保持着高度的警惕站在原地等待着，他感觉时间的流速突然变得很慢很慢。

差不多过去一分钟了吧。正想到这儿，他听见从略远的地方传来一阵逐渐接近的小跑声。秀悟再一次抓紧眼前的铁栅栏门。

"秀悟先生！"

爱美喊着他的名字出现在铁栅栏门前。看到她的脸,秀悟的表情顿时变了。爱美的左边脸颊泛红,还有些肿。明显是遭人殴打的痕迹。

"爱美!"

秀悟无意识间连称谓都丢了,爱美的双手穿过栅栏伸过来,抱住了他。爱美的体温、呼吸,还有她的头发轻抚到自己脸颊的触感,一切都是那么惹人怜爱。

"没事吧?"

秀悟问她。爱美紧紧抱着秀悟,一个劲儿点头。

"可是,你的脸……"

秀悟稍稍后缩着身子,抬手轻触爱美那红肿的脸颊。

"那个男人把我推到床上,我拼命挣扎,于是就挨打了。不过不要紧的……因为,秀悟先生来了……"

"喂!你们两个要卿卿我我到什么时候?"

低沉的声音响起,秀悟和爱美的身体都僵住了。小丑不知何时已经站在了爱美身后三米开外的地方。

"我按照你的要求把她带来了,这样你就不会报警了对吧?"

"还不行,还要在确保她的安全之后我才会履行承诺。"

秀悟松开爱美，再次举起手机。

"那你要我怎么做？"

小丑草草甩了甩头，秀悟和爱美对视了一眼。

"你乘坐电梯上二楼，然后沿着楼梯下来回到我身边。"

爱美点了点头，依依不舍地松开抱着秀悟的双手，小跑着离开了。秀悟目送爱美跑得没影了，脚步声也渐渐远去，才转而瞪视着小丑问：

"直到她过来，你一步都不许动，一旦动了半步……"

"你就报警是吧。同一句话别反反复复地说了行吗？"

小丑抬手搔了搔面具上面的头发。

时间的流速好似高浓度的糨糊般，极其缓慢。秀悟和小丑无声对峙着，随后他徐徐开口道：

"你的目的究竟是什么？"

"啊？你说什么？"

小丑原本焦躁地搔着头顶的手停住了动作。

"我问你的目的是什么。你为什么会跑来这家医院？你说这儿是你偶然发现的，你是在说谎，对吧？"

面对秀悟的质问，小丑没给出任何回答。

"你的目的不是钱,你是为了揭开这座医院的'秘密'才来到这儿的,不是吗?"

秀悟飞速说完这段话,然后深吸一口气等着小丑回应。小丑嘴巴里发出一串闷笑。

"你在说什么啊?我的目的当然是钱。否则我干吗要去抢劫便利店,还打了那女人一枪?你是不是无聊的悬疑片看多了啊?"

小丑的语气之中满是嘲笑。秀悟抿紧了嘴。的确,倘若小丑的目的真的是田所他们拼命隐瞒的"秘密",那他并不需要去强抢便利店,也不需要枪击爱美。所以,这男人的确正如他本人所说,只是个做事不考虑后果的粗暴犯罪者?还是说……

"秀悟先生!"

正当秀悟努力思考时,从头顶传来一声呼喊。他回过头,只见爱美正站在拐弯平台上呼唤着他。

"你快滚上去吧!"

小丑压低了嗓音冲他吼道。

"快滚上去,老老实实待到天亮!到明天一早,我就让一切结束……所有的一切。"

小丑扔下这句话后,快步从秀悟的眼前消失了。

"到明天一早,我就让一切结束",小丑最后低声吐出的这句话，不知为何令秀悟感到难以名状的不安。

秀悟一边盯着那铁栅栏门的对侧，一边缓缓走上楼梯。他一走到平台转角位置，等在那里的爱美便一把搂住了他的脖子。她长长的黑发散发着一阵阵蔷薇的香气。秀悟也抱住了爱美微微颤抖着的身体。

"没事了，已经没事了。"

他轻轻抚摸着爱美那绢绸一般的长发安慰着她。爱美点了点头，把脸埋在秀悟胸口，肩膀开始颤抖。

"我好怕，真的好怕……但我知道秀悟先生一定会来救我的……"

"放心吧，我会保护你的……"

秀悟的双臂环住了爱美纤瘦的身体。

几十秒钟的相拥后，两人才恋恋不舍地分开。对视的一瞬，他们同时垂下了眼帘。

"感觉，怪不好意思的……"爱美红着脸说。

"呃……那我们回楼上吧。"

听到秀悟这么说，爱美笑着点了点头。两个人就这样互相偎着踏上了楼梯。

一抵达二楼，田所和东野便迎了上来，他们急忙分开紧靠着的身体。

"没事吧?"

"是的,我没事。"

爱美回答东野的口吻有些生硬。刚才自己遭袭时,田所和东野都表现得无动于衷,所以她面对这两个人的情绪恐怕比较复杂。其实,秀悟也是一样。

"总,总而言之,没事就好。"

东野自己给自己找了个台阶下,秀悟和爱美都没回她这句话。沉闷的气氛在他们之间弥漫开来。

"啊,说起来……也不知道佐佐木去哪儿了。"

东野在胸前机械地拍了两下手,又张望一下四周,相当生硬地转变了话题。

"刚才看她上楼了,应该是去查看之前那个倒在地上的病人了吧?"

看样子东野根本没注意到佐佐木上楼的事。可见她和田所对话时是相当心无旁骛了。

"呃,那我去找找佐佐木吧。"

东野逃也似的晃着她那肥胖的身子,走向楼梯。目送东野的背影消失在楼梯上,秀悟转头再次同田所对峙起来。

田所仰头望着他,那表情是前所未有的僵硬。

145

"你没报警吧？"

田所压低声音问他。

"没有。我刚刚不是说过了吗？手机一直没信号。我只是去威胁他而已。"

听到秀悟的回答，田所的表情瞬间缓和了下来。此时反倒是秀悟表情更僵了。

"为什么？为什么那么害怕我报警？"

"因为……因为你一旦报警了，工作人员和病人们就有可能陷入危险的……"

"撒谎！"

听到田所重复着之前的说辞，秀悟硬邦邦砸过去这两个字。他指着爱美：

"她被带走的时候，你也没想着帮她，你优先考虑的还是不可以报警。你这样做根本不是为了保障人质的安全，你完全就是为了自己才阻挠我们报警的！"

田所试图反驳秀悟，他张开了嘴。可是，那张嘴里什么话也没挤出来。秀悟继续穷追猛打：

"虽然还不清楚那个小丑的真正目的，但我认为一定和你拼命遮掩的秘密有关系。也就是说，我和她，我们两个局外人，完全是被你们牵连进来的！"

秀悟一边愤愤地快言快语,一边转动着大脑。田所和小丑都没注意到手机没信号。那究竟为什么收不到信号呢?秀悟本以为一定是他们两人中的一个设置了信号干扰装置……

正在此时,沉浸于思考之中的秀悟突然感觉鼓膜被一阵惨叫声撼动。那似乎是东野的惨叫。秀悟、爱美、田所三人齐刷刷看向了楼梯。

"东野?"

最早行动起来的是田所,他拖着伤腿向楼梯走过去,抓着扶手开始向上爬。秀悟和爱美看了看田所的背影,又相互对视了一眼。

秀悟没有马上行动起来。难道是小丑去了楼上?如果是这样,那上楼就可能会遇到危险。是不是应该留在这儿等待呢?还是应该跑上去帮忙?

"秀悟先生,咱们去看看吧!"

秀悟正踌躇时,一旁的爱美语气坚决地对他说。

"可是,万一是小丑……"

"如果真是他的话,那咱们更得赶快去帮忙呀!"

看着爱美望向自己的那双纤尘不染的双眸,秀悟被触动了。她竟然能毫不犹豫地去帮助之前曾抛弃了自己的人……

"明白了,咱们走吧。"

秀悟下定决心,和爱美一起踏上了楼梯。

三楼没有半个人影。两人继续向楼上走去。拐过三楼和四楼之间那片平台时,已经能看到东野和田所的后背了。东野正面对着护士站坐在地上,田所则靠在她身边。乍看之下,东野好像没有受什么伤。

"怎么了?"

秀悟一边靠近他们一边问。两个人都没有回应,他们好似丢了魂一样呆愣着,齐齐望着同一个方向。秀悟也仿佛被什么东西引导着,沿着他们两人那失焦的眼神看过去。

时间仿佛停止了。有那么一瞬,秀悟甚至没能理解自己看到的究竟是什么,但他很快反应了过来。也就在那一瞬间,他像一只稻草人一般僵在了原地。

"骗人……"他身边的爱美低声道。

日光灯惨白的光充斥着整个护士站。在这片区域的正中间,佐佐木仰面躺在地上。她的左胸深深插着一把小巧的短刀。

第三章

敞开的门

1

时间像凝滞了一般死死糊在人身上,许久才能走动那么一丁点儿。三楼护士站里的所有人都低着头,沉默着。

他们究竟在这里,保持这种状态多久了呢?秀悟侧头瞄了一眼时间。现在是后半夜两点半刚过。发现佐佐木遗体的时间应该是两点出头。也就是说,发现她死亡至今也才过去三十分钟?

"虽已投入大量警力展开搜查,但开枪逃跑的男性目前仍下落不明,这令人不安的一晚……"

护士站旁边的护士休息室里有一台电视机,其中正传出新闻主播的播报声。几分钟前,秀悟试图转换一下心情,于是按开了电视,结果却导致气氛更加沉重了。秀悟拿起遥控器关掉了电视。

眼球里面一阵钝痛,秀悟揉着鼻梁。佐佐木胸口插着一把刀的画面冲击性过于强烈,导致秀悟总感觉发现佐佐木遗体已经是好几天前的事了。

三十分钟前,从数十秒的失魂落魄状态中清醒过来的秀悟快速冲向佐佐木,尝试为她做心肺复苏。然而佐佐木的瞳孔已经扩散开了,而且那把深深插进她左侧胸口的刀子明显贯穿了心脏。他立刻判断这种情况下已无法再做心肺复苏。当秀悟把他的判断说出口时,东野当场崩溃大哭,陷入强烈的恐慌情绪中,田所则紧紧抱住脑袋开始不住地哆嗦了起来。

最后,秀悟在走廊尽头的病房里找到一张空床,剥走上面的床单,盖在了佐佐木的遗体上,并建议其他人先转移到三楼。

秀悟抬起头,环视着整个护士站。田所和东野一脸憔悴地坐在最里头的椅子上。秀悟和爱美则并排坐在入口处的折叠椅上。

在这三十分钟里,秀悟一直在不住地思考着。这里最终还是出现了牺牲者。有人在抢劫犯封锁之下的医院里死亡,这起事件乍看之下十分单纯,可是自从发现了佐佐木的遗体，秀悟心头就始终萦绕着某种违和感。

"报警……"

东野无力地垂着脑袋，小声道。大家都看向了她。

"我们报警吧！佐佐木都已经被杀了！我们明明都这么听话了，为什么佐佐木还会被杀？那个小丑本来就想把我们所有人都杀掉！咱们现在马上报警求救吧！"

东野猛地抬起脸，表情扭曲，声音凄惨地大喊道。

"不行！"

田所尖声反驳。可东野并未退缩。

"您在说什么啊！现在已经死人了啊！"

"那个男人已经杀了一个人，万一警察包围了医院，他一定会毫不犹疑地把我们全杀掉。最好的办法还是等着他自己离开医院！"

"可是，他也可能想在离开前把我们都杀掉啊！"

"他如果真那么想的话，早就把我们杀了。既然到现在也没杀了我们，就说明他并没准备把所有人都杀掉。所以不能在这当口刺激他，乖乖等着才是上策！"

"谁又知道他究竟怎么想的！警察肯定会帮我们

的！把我的手机还给我！"

东野情绪失控地乱喊着。田所冷冷地看着她，从衣服口袋里掏出手机扔了出去。东野捧住那部折叠手机，翻开手机盖，迫不及待地按下按钮。

"没用的，根本没信号。"

"为什么！之前明明一直都有信号的！"

东野尖声大喊。

"肯定是那个小丑干的。他应该是带了某种信号干扰设备吧。所以他才没有特意抢走我们的手机。"

"那，那我们就用座机！院长办公室的座机应该还能用。"

东野气喘吁吁地说。看样子，虽然二楼到四楼的座机都不能用了，但为以防万一，院长办公室的电话应该还能用。可是，田所却缓缓摇摇头。

"我刚刚确认过，院长办公室的电话也用不了了。电话线恐怕是被人从一楼剪断的。"

"怎么会这样……"

愕然失语几秒后，东野又大睁着眼继续道：

"那，那就把火灾报警装置打开！这样就能通报到消防救援局了！"

这个点子听上去似乎不错。秀悟将手轻轻伸

进白衣，指尖碰到一个硬物，是他常用的那个打火机。只需要用打火机的火烧一下天花板的火灾感应器……

可是，田所再一次缓缓摇了摇头。

"不行的。自动通报消防救援局的装置也是走的电话线。电话线断了就通报不了了。启动它的结果就只有通过灭火装置向整个医院喷洒出大量粉末状灭火剂而已。"

东野的表情瞬间满是绝望，但很快她那双肿泡眼又亮了起来：

"去一楼！一楼的手术室还有一部电话！我记得那儿的电话走的是其他线路！"

"那个男人就在一楼把守，你要怎么去手术室啊？"

田所低声问，同时侧头瞟了一眼秀悟。秀悟揣测不透他这个眼神的意思，只能静静看着两个人对话。

"如果是手术室的话，那从上面……"

"东野！"

东野话没说完，就被田所一声尖锐的吼叫打断。她的身体顿时一颤。

"就算能做到，也不可以报警。因为一旦报警，不单是我们，就连那些住院的患者也有可能陷入危险的境地。无论发生什么，都绝不能让重要的患者们遇险。"

田所一字一句，告诫一般地说给东野听。

"但是这么下去实在太危险了，那个男人已经杀死了佐佐木。没法保证他不会连我们也杀掉。为防止突然遇袭，我们至少得去找些可以防身的武器吧？"

一直沉默不语的秀悟此时提议道。田所稍做片刻考虑，随后沉重地点了点头表示同意。

"有没有什么能当作武器的东西？高尔夫球杆一类的可能太醒目了，有没有再小一点儿的，最好是手术刀那么大的东西。"

听到秀悟这个问题，田所脸上显露出一个苦涩的表情。

"很可惜，手术刀就只有手术室里有。"

"是吗？那咱们就先分头寻找能拿来当作武器的东西吧。因为不知道那个男人会突然做出什么事来，所以咱们最好尽快。"

秀悟说着，站起了身。

"我得在这儿再陪东野一会儿。"

"明白了,那东野就麻烦您照顾了。爱美小姐。"

突然被秀悟喊到名字,爱美一惊,尖声回答:

"在!"

"你跟我一起去找找看有什么东西能拿来防身吧。"

秀悟抓着爱美的手,半强迫一般将她拉起身,离开了护士站。爱美有些疑惑,但还是乖乖地跟随着秀悟的步伐走了出去。

秀悟拉着爱美沿楼梯走到二楼,直接横穿透析室走进了医生值班室。随后,他反手锁上了值班室的门。虽然如果真想打开这扇薄薄的门只需简单一脚,但锁上总比大敞着强。

"那个……秀悟先生?"

爱美不安地看着秀悟,秀悟伸出双手,搭住了爱美的双肩。

"你被带走后,那个小丑消失过吗?"

"欸?你说什么?"

似乎是对秀悟的这个问题感到意外,爱美吃惊地反问。

"我是想问,从刚刚小丑把你带去一楼,到我跑下去帮你，这期间小丑是否有几分钟离开过你身边？"

秀悟继续问道，他过于心急，连话都有些说不清楚了。

"是问我刚才发生的那件事吗？没有的，直到听见秀悟的大喊声为止，我一直和那个男人在一起……"

或许是回忆起了当时的情况，爱美垂下了头，声音略有些沙哑。见她这副模样，秀悟心底里升起一股罪恶感。

"对不起，让你回忆起很不舒服的事了。但是这件事非常重要。"

"非常重要？"

爱美的眼睛疑惑地眯起来，秀悟大大地点了点头。

"倒在四楼的佐佐木被发现时已经瞳孔大张，心脏彻底停跳了。而且她身体里流出的血液也略有凝固。呈现那种状态，说明从她被杀到我们发现尸体，至少过去了十分钟。"

"就是说……"爱美眨眨眼问。

"没错，就是说佐佐木被杀的那个时候，小丑不是和你在一起,就是和我在一起。"

爱美原本就很大的眼睛睁得更大了。

"怎么会……但是,他说不定在带走我之前就刺中了佐佐木护士……"

爱美声音颤抖着说。

秀悟轻轻颔首,的确也有这个可能。从佐佐木上楼再到小丑出现,带走爱美,这之间也有几分钟的时间差,只不过……

"只不过,佐佐木是被人从正面刺中胸口的。乍看上去也没什么搏斗痕迹。如果是被小丑袭击,她应该会大声尖叫着逃跑吧。如果是那样的话,她就不应该是正面被刺,而应该是被人从背后刺中……"

"什么意思啊?"

"意思就是,佐佐木可能不是被小丑杀死的。而是当我和小丑在一楼争论时,有其他人跑去四楼杀了佐佐木。"

"其他人……那究竟是谁?"

"是一个能让佐佐木毫无戒心的人物。就是这个人假装不经意地接近佐佐木,刺中了她的胸膛。"

"难道是……"

爱美似乎察觉到了秀悟接下来要说什么,双手捂住了嘴巴。

"没错,这个人不是田所就是东野。也有可能是二人合力杀死了佐佐木。"

秀悟缓缓说出了这几分钟内自己推理出的答案。爱美捂着嘴巴说不出话来。

"为什么要那样做?"

"不知道。不过在被害前,佐佐木曾试图向我们传达些什么……"

"你是说'还有一个人'和'小心院长'吗?"

"没错。佐佐木可能是对这种极限状态忍无可忍了,所以才试图把院长拼命隐瞒的秘密传达给我们。而院长他们可能察觉到了这一点,于是假借小丑之名封了她的嘴……"

"那,那就是说,是院长杀死了佐佐木护士?"

爱美脸色惨白地小声咕哝着。

"的确,杀人犯是田所的可能性很大,但东野也不是没有可能。这两个人一定都想守住那个秘密。"

"可是,女性仅凭一把小刀就能把人杀死吗?"

爱美疑惑地问。秀悟点了点头。

"我在急救部就见过被女性捅得近乎丧命的男性。只要是手持锐利刀具,就算没什么体力,也能做到从肋骨之间刺进身体，但要满足两个必要条件，一个是要在对方毫无戒备的情况下靠近，一个就是要毫不迟疑地刺出这一刀。"

听着秀悟这番话，爱美的脸色更加苍白了，她双手捂住脸，坐在了床边。

"我……我已经彻底搞不明白了。"

爱美的声音轻得几乎转瞬就要消散殆尽。之前明明还那么坚强，此刻她却已濒临崩溃。看着她那令人心痛的模样，秀悟想不出能安慰她些什么。

"还有一个人……"爱美捂着脸，悄声低语。

"欸，你说什么？"

秀悟问她。于是爱美缓缓地抬起头来。

"佐佐木告诉我的'还有一个人'……要说'小心院长'这句话尚可理解，但'还有一个人'究竟是什么意思？"

秀悟瘪起了嘴，关于这句话他也很在意。

"佐佐木确确实实和你说的是'还有一个人'是吗？她当时声音很小，有没有可能是你听错了呢？"

"不，她说的绝对是这句话。虽然没明白她的意思，但我听得清清楚楚。"

爱美斩钉截铁地回答他。见她如此笃定，应该是错不了了。秀悟抱着胳膊开始思索。

"那个……有没有可能，还有其他医护躲在这儿？"

刚刚语气还很笃定的爱美此时又没了信心。

"你是说除我们之外还躲着其他医护？可是，值夜班一般都是一个医生两个护士这样的配置……"

"可是院长也在啊？"

听爱美这么问，秀悟一时语塞。的确，不能完全排除其他医护没有做完工作于是暂留下来的可能性。

"可是，这个人为什么不现身呢？躲着不想让小丑发现倒也罢了，可这个人没必要连我们都躲着吧？"

"这我也不知道。说不定也和这家医院的'秘密'有关呢……所以这个人才一直躲到现在……"

一个和医院的"秘密"有关的医护还在躲藏。听到爱美的猜想后，秀悟头脑中又浮现出新的疑问：田所之前其实解释过，他之所以留下来加班，是为了检查诊疗收费明细。事实果真如此吗？竟然就这么巧，赶上小丑来的这天？不，说不定就是因为院长留下来了，所以小丑才跑来这家医院的，可是……

秀悟抬起双手，拇指揉着两侧的太阳穴。事态实在太难以捉摸，他感觉头好痛。

"话又说回来，倘若真有其他医护留下，此人又躲在哪儿……"

说到这儿，秀悟突然停住了。爱美看向秀悟，轻轻点了点头。

"嗯，我觉得应该是五楼的那个仓库。"

"可是，为什么要躲在那个地方？"

"这我也不知道，但倘若要我找一个能躲藏的地方，我也只能想到那儿了。"

爱美说着，粉红色的嘴唇微微噘起。

佐佐木说的那句"还有一个人"，指的真的是躲进仓库的医护吗？有没有其他可能性呢……

"小丑……"

秀悟近乎无意识地咕哝道。爱美讶异地问他：

"欸，你说什么？"

"不，没事，那不可能……"

秀悟左右甩了甩头。刚刚头脑之中涌起的那个猜想令他感到恐惧。

"你是不是想到什么了？想错了也不要紧，告诉我好吗？我很在意啊。"

"不，我这个想法确实有点跳脱……我是想，'还有一个人'，指的是不是小丑啊？"

被爱美坚定的语气催促，秀悟有些迟疑地开口道。

"小丑'还有一个人'？这是什么意思啊？"

爱美表情不安地问。

"我是觉得，小丑的行为似乎有些不一致。我本来以为他是一个以金钱为目的，想一出是一出的蠢货，可他看上去又仿佛是出于另外的某个目的在这家医院四处探索。不过，如果小丑是两个人的话，这种行为上的不一致似乎就可以解释了……如果他们戴了同样的面具，穿一样的衣服，那不就分不出谁是谁了吗？所以，他们可能故意制造出只有一个人的假象，其实另有同伙负责搜查医院……并且，杀害了佐佐木。"

说到这儿，秀悟自己也感到脊背一阵发凉。虽然只是随口说说，但讲着讲着，他逐渐感觉到这个猜想说不定就是真的。

"可，可是，我被抓走的时候，小丑的确只有一个人……"

"他们可能约好了事后会合，或者干脆一开始就在这家医院碰头。"

见爱美反驳,秀悟半强迫般地解释着。

以金钱为目的,性格急躁的男人;和这家医院存在某种关联,试图揭露其中"秘密",性情冷静的男人。如果是后者操纵前者,那一切似乎就说得通了。

如此看来,杀死佐佐木的果然还是小丑吧?是不是一个小丑将爱美带走,另一个小丑杀了佐佐木呢?还是说,有两个小丑的说法根本就是愚蠢的猜想,真正的犯人其实是田所和东野?不,如果真的有另外一个医护人员躲在仓库,那也有可能是那个人杀了佐佐木……

头痛在加剧,秀悟忍不住低声呻吟着抱住了脑袋。他感觉自己的大脑神经要烧坏了。信息量每增加一次,整起事件的全貌就会被更加浓重的迷雾覆盖。

"接下来,事情又会变成什么样子啊?"爱美忧心忡忡地小声说。

秀悟的双手松开自己的脑袋,缓缓移动到了爱美的肩上。

"没事的,一定能得救的。"

秀悟的这句话既像是鼓励爱美,也像是在说给自己听。然而，爱美的表情依然沮丧。

"可是，该怎么做啊……"

见爱美垂着脑袋，秀悟开口道：

"报警吧。"

"欸？"

爱美小声惊呼着抬起了头。

"报警。我已经彻底搞不清楚这家医院究竟发生过什么事了。但是眼下已经有人遇害，就这么等到天亮实在太危险了，必须报警了。"

秀悟一边说着，一边舔了舔好似吃了一嘴沙子般干涸的口腔。

"可是，如果报了警，我们就会被杀掉……"

"小丑心里很明白的，一旦有人质被杀，警察可能会立刻蜂拥而至。所以他那么说就只是在威胁我们而已。还有，警察说不定能趁小丑不备偷偷潜进来。"

为了缓解爱美的不安情绪，秀悟尽可能如此强调。但他听得出自己的声音变了调，听上去滑稽得出奇。的确，他无法确信只要报警就能保证安全。可是，他认为只有警方介入，才能提高他们活着离开医院的可能性。

"我明白了。"爱美深深呼出一口气，随后忧心地问：

"可是，该怎么报警呢？手机和座机都没法用了啊。"

"刚才东野说手术室的电话还能用，就用它吧。"

"手术室？那你准备怎么过去啊？一楼不是有小丑守着吗？"

爱美那两道形状漂亮的眉毛深深皱起。

"那个小丑以为把楼梯上的铁门锁上了我们就到不了一楼。其实，固定铁门的只是一把很小的锁。只要有工具，就能把它弄坏。"

秀悟一边平复着情绪，一边讲述计划。

"首先，要在楼上弄出些动静。让那家伙误以为发生了什么事，然后上楼确认情况。他应该会乘坐电梯上楼。可以趁这个间隙把锁头弄开，跑去一楼，用手术室的电话报警。"

秀悟一口气把计划讲完，等待着爱美的反馈。可爱美的眉毛却皱得更深了。

"可是，小丑不一定会使用电梯吧？他刚才走的就是楼梯啊。"

"的确，他上来二楼的时候是走的楼梯，但是去其他楼层的时候是坐电梯上去的啊。所以他使用电梯的可能性很大。还有,我们可以先确认电梯在运行了,然后再跑去一楼。这样中途碰到他的可能性就很低了。"

"的确在理,可是我们真的能在小丑回到一楼前打开那枚锁头吗?还有其他一些细节也不太稳妥,我觉得这个计划有点草率了。"

爱美严肃地盯着秀悟。

"我知道啊,我当然知道这个计划太草率了。可是,我也想不到其他办法了。而且,比起就这么干等到早上,我觉得施行这个计划获救的可能性还更高些……"

秀悟一边和爱美对视,一边解释道。佐佐木遇害,犯人不明。眼下这种状况,不知道什么时候就会遭人袭击。所以就算有一定风险,也应该报警。

"你下定决心了吗?"

"是的,我是认真的。"

面对爱美的这个问题,秀悟点了点头。爱美表情严峻,沉默了足足数十秒,然后重重点点头。

"我知道了。我们报警吧。"

"谢谢。"

秀悟抚了抚胸口。倘若爱美反对,自己恐怕就无法下定决心去实行这个计划了。现在，他唯一信任的人接受了这个计划，这给了他不小的勇气。

"好，那咱们赶快去找能弄坏锁头的工具吧！那锁头不大，如果能找到铁棍一类的，就可以通过杠杆原理……"

"没有那个必要。"

爱美打断了秀悟的话。

"没有必要？"

"是啊，刚刚那个男人被你喊出去的时候，我看到床边桌上摆着一个钥匙包。于是我就抽走了这个，想着以备不时之需。"

见秀悟一脸疑惑，爱美伸手从病号服的口袋里掏出一枚小小的金属物件。看到它时，秀悟惊得睁大了眼。

"这，这该不会就是……"

"是的，这就是那个锁头的钥匙。"

爱美将那枚小小的钥匙举到秀悟眼前，有些得意地挺起了胸膛。

2

"那咱们走吧。"

秀悟浅浅吐出一口气,压抑着打鼓的心跳说道。一旁的爱美满脸紧张地点了点头。两个人就这样从三楼护士站走了出去。

决定实行计划的二人商量好要将小丑吸引到三楼的护士站,两人在大约十分钟前回到了这里。如果要赢得更多时间,其实去四楼更好些,但是四楼距离一楼太远,闹出动静小丑也未必能听到,而且,他们也不太想靠近躺在四楼的佐佐木遗体。

当他们返回三楼护士站的时候,发现田所和东野已经不在那儿了。虽然有些在意这两个人的去向,但秀悟还是决定暂时不去找他们,优先对付小丑。

而且，为了完成这个计划，他们两个人不在反倒更方便些。

秀悟看着摆放在桌上的电视机。这台电视是从护士休息室里搬出来的。液晶画面上正播映着一部陌生的西部片。

秀悟抬手放在胸前。倘若这个计划能成功，警察一定会在清晨到来前将他们救出去。而且，就算计划失败了，他也还有另一个打算……

想到这儿，秀悟侧头瞟了一眼自己身边表情紧张的爱美。

无论发生什么，至少都要保证她平安离开这家医院。秀悟下定决心，拿起电视遥控器，按大音量。电视里那些演员讲出台词的声音越来越大，大到刺痛了他的鼓膜。

音量大到这个程度应该就可以了吧？秀悟扔掉遥控器，和爱美一起冲下楼梯。两人跑到二楼，找到楼梯一侧的阴影，躲藏在了电梯那边看不到的视觉死角里，稍稍探出头，观察着透析室那一侧的电梯。

秀悟一边听着从楼上传来的英文怒吼和枪声，一边握紧了拳。

来啊，快来啊！他的心中不断重复着这句话，感觉自己紧张到浑身像被火炙烤着一般。

大约过去了五分钟,电梯门突然开了。秀悟举起双手捂住嘴,硬吞下了险些喊出口的欢呼。

小丑就在电梯里,只见他探出头四处张望了一下透析室,然后马上缩回到了电梯里。电梯门又关上了,与此同时,秀悟和爱美一起向一楼飞奔而去。

在三楼护士站看到那台电视后,小丑估计会立刻返回一楼吧。在此之前,他们必须报警成功,而且,还要完成另外一个计划。

秀悟抵达铁门前,将爱美给他的钥匙插进锁孔。然而,或许是太过紧张的缘故,秀悟的指尖一直在哆嗦,钥匙插不进去。

"给我!"

爱美从旁伸出手,抢走秀悟手中的钥匙,快速打开了门锁。自己竟然这么没用!秀悟懊恼地皱起眉。他伸手一推,铁门吱嘎作响地打开了,两个人快速钻了过去。

"咱们走吧!"

见秀悟关上铁门,爱美迅速说道。可秀悟转过身,走近爱美,伸出双手紧紧抓住了她的双肩。

"怎,怎么了?"爱美的脸上突然闪过一丝畏惧。

"你快逃。"

秀悟深深凝视爱美的双眼道。

"啊？"

爱美眨了好几次眼，吐出这个疑问。

"正面玄关的大门虽然关上了，但是后门可以从内侧开启。你现在马上从后门逃跑，找一个附近的住户家躲起来！"

"你，你在说什么！我们不是要去手术室打电话吗？"

"我一个人去做这件事就可以了，你快跑吧！"

"既然如此，那我们两个人干脆一起跑吧！一起逃出去报警不就行了吗？"

"不行，万一我也跑了，那个男人真的有可能会屠杀医院的病人。"

"可是即使只有我一个人跑了，结果也有可能是相同的啊。他不是说过了，一旦发现有任何人逃跑他都会杀了所有人！"

爱美像个闹脾气的小孩子一样，用力摇着脑袋。

"我会想办法的，警察赶到之前，我一定会试图拖住他的。不要紧，肯定有办法的……"

秀悟说着，挤出一个微笑。虽然他感觉得到自己脸上的肌肉略有些僵，但这个笑比他预想的要自然很多。爱美的表情却和秀悟完全相反，她的脸扭曲得很厉害。

"为什么……为什么只有秀悟先生要去冒这么大的风险啊？"

"因为我是医生，只有当全部患者的安全都得到了保障，医生才能去避难。"

秀悟耸耸肩，苦笑着调侃自己：

"医生的饭碗还是很难捧的，是吧？"

爱美死死闭上眼，紧咬着嘴唇。

"还有，因为你是我最重要的患者，所以我需要优先确保你的安全。请你理解。"

"可是……可是……"

爱美的声音里混杂着呜咽，她还想说些什么，但说不下去了。

"你逃出去，找个住户求救，然后立刻报警。这样的话，就算手术室那边报警失败了，警察也能来救我们。你能逃出去，我获救的可能性也会上升……你会答应我的，对吗？"

秀悟一字一句地叮嘱着她。爱美带着迟疑轻轻点头，紧闭的双眼之中不断溢出泪水。

"别哭了。我们一定很快就能再见的……好了,快走吧。"

秀悟轻轻推了推爱美的身体,爱美泪水涟涟地看了秀悟最后一眼,随后像要甩脱些什么一般毅然转身,向后门跑去。

秀悟目送爱美的背影奔向后门,自己也向手术室方向跑去。距离小丑返回一楼应该还有点时间。此时,他头脑一隅里那个"小丑可能还有一个人"的想法突然又冒了出来。万一这猜想是真的,一楼就有可能还存在一个小丑。可是,他现在已经无暇再思考这件事了。

推开沉重的大门,秀悟跑过纸箱堆积成山的走廊,冲进了手术室。

手术室里还摆着当时处理爱美伤口时使用的手术用品。看到房间正中间摆放的手术台,秀悟忍不住皱起眉。

一间手术室,两个手术台。那种大脑皮层被虫子爬过一般的不快感再度向他袭来。

秀悟在手术室入口呆站了片刻,随后狠狠甩了甩头。眼下哪来的闲情逸致思考这些!

很快,他的视线就扫到了房间深处墙面上挂着的电话。秀悟小跑着横穿手术室,一把抓起电话听筒,拨下了"110"三位数字。

可是听筒里没有任何声音。

"究竟怎么回事!"

秀悟大声咒骂起来,紧接着,映入眼帘的景象令他周身颤抖。电话主机和听筒相连接的那条线已经被剪断了。一阵强烈的恐慌感向他席卷而来。

是小丑干的?秀悟想,可转瞬他就否定了自己的这个念头。这个手法和田所剪断透析室电话线的手法相同。

为防止他们报警,所以田所把这儿的电话线也剪断了?可是,他究竟什么时候剪的?

思维陷入混乱的秀悟单手扶住额头拼命思考。

是田所手执高尔夫球杆冲进这间手术室的时候剪断的?可是,当时田所根本无法靠近电话才对啊。

那就是他们被监禁的这几个小时里,田所跑到这儿把电话线剪断了?可是,想不被小丑发现跑来这间手术室,这是不可能的啊。那他又是如何做到的呢?该不会……田所和那个小丑从一开始就是一伙的吧?

秀悟手举着听筒,整个人被无底的思绪沼泽逐渐吞没。正在这时，背后传来一阵脚步声，他猛一哆嗦转过了身。脚步声从走廊上远远地传来，而且正越靠越近。

小丑已经回来了？未免太快了吧？

秀悟脸部的肌肉痉挛起来，他慌忙钻进了麻醉装置的背后。下一个瞬间，手术室的门被打开了。

"秀悟先生！"

听到回荡在手术室中的喊声，秀悟的眼睛惊得大睁，几乎要冒出眼眶。

"爱美？"

秀悟迅速从麻醉器械后面站起身，呆呆望向站在手术室门口的爱美。

爱美为什么会在这儿？他以为爱美好不容易可以逃跑了！最初的震惊退散下来后，愤怒和绝望紧接着灌满了他的胸膛。

"你为什么要回来！"

秀悟紧握着拳头大吼。喊出这一声的瞬间，他也担心小丑会听到，可他已经没有余力去调整音量了。爱美被他吼得缩起了脖子。

"好不容易……好不容易才让你逃掉，我还以为终于能得救了……"

秀悟感觉自己舌头不听使唤，话也说不清楚。他双手奋力地抓挠着头发。

"因为我逃不了啊。"

爱美悲伤地垂下了脸。

"逃不了是什么意思！"

"后门。后门被金属丝死死固定住了，根本打不开，我没办法了才……"

听到爱美这一番解释，秀悟感到一阵头晕目眩。后门被封死了……想来这也是自然啊，想要逃出去，或者有谁想要进来，都只能通过那里……自己怎么就没想到这一点呢？

这套计划彻底失败了。得赶快跑回到楼上去，趁小丑还没回来，要尽快！

"对不起，我声音太大了。咱们赶快回楼上吧。"

秀悟一边道歉一边向爱美走过去。

"那，报警的事呢？"

"不行，和透析室的情况一样，这儿的电话线也被剪断了。"

"欸？小丑弄坏的吗？"

"不清楚。总之咱们得赶快上楼！"

秀悟拉起爱美的手，走出了手术室。

"等等！"

走过一半的走廊时，爱美突然停下了脚步。秀悟也急忙停了下来。

"怎么了？咱们要赶快……"

"我刚刚听到有声音……好像是……电梯的声音。"

爱美缓缓抬手指向正面那扇铁门。

"你没听错？"

秀悟歪着唇角压低声音问。

"我不敢确定……但感觉好像是听到了。"

爱美回答着，表情依然是泫然欲泣的模样。秀悟蹑手蹑脚地、小心翼翼不发出任何声音地向门边靠近，他缓缓将门推开了几厘米，沿着那道缝隙看向门外。眼前的景象令他忍不住发出像被什么东西卡了喉咙一样的声音。

只见小丑手拿着枪，一边在接待处转悠着，一边查看沙发下头，似乎在确认下边是否有人躲藏。

他应该很快就会查到这边来吧。秀悟小心谨慎、尽量不发出声音地将门合上，随后双手捂住了脸。爱美向他投来询问的目光。

"小丑，在外面对吗？"

"是啊,他应该很快就会找过来了。"

"怎么办?"

秀悟一时也答不上爱美的这个问题。这条走廊只通向手术室,他们无处可逃。

"找个能藏身的地方吧。"

秀悟哑着嗓子说。现在也只能这么做了。这条走廊胡乱摆着很多东西,所以有不少的死角。如果能顺利藏身,躲过一劫的话……

虽然他也依稀感觉到,这个地方没有能让两个成年人藏身的空间,但是秀悟依然只能寄希望于此。爱美不安地点了点头,开始搬动起了走廊上的那些器材。

必须找到一处能让爱美藏身的地方才行。像自己这样一个男人倒也罢了,但爱美身材娇小,应该有地方躲。秀悟拼命搜寻着成山的纸箱子,但他实在找不到一只能装下成年人的纸箱。

回到手术室,躲到麻醉装置背后去?不,不行。躲到那种地方肯定立刻就会被发现。要不然,就让自己一个人乖乖走出去面对他?这样一来,小丑可能就不会再去查看手术室了。可是,这样做也不一定保险啊。最后的手段,就是趁小丑推开门的瞬间偷袭他。但是小丑身强力壮,还拿着枪。就算突袭,能胜过他的可能性也非常小。

"秀悟先生……"

见秀悟抱头苦恼,爱美小声道。秀悟转过身,发现爱美站在走廊尽头。手术室大门旁边有一块颇有些年头的可移动式白板,爱美站在白板前正冲他挥手。

"怎么了?"

秀悟走了过去,只见爱美蹲下身,端详着白板下面的一处空间,随后她指着略靠上的位置对秀悟道:

"这片墙面,你不觉得有点奇怪吗?"

听爱美这样讲,秀悟也端详起了这片白墙。虽然第一眼没看出什么端倪,但他很快发现,白板阴影处的那部分略有些下陷。像是一块可以被手指按动的凹陷。

"该不会,这里边也藏着一个仓库吧?"

秀悟也蹲下了身。这时,他的肩膀碰到了白板接粉槽上摆着的马克笔,差点把笔碰掉。秀悟慌忙在半空中抓住笔,把它收进了衣服口袋。

他再次向着那堵墙伸出手,手指按住那块下陷的位置,打横一拉。这片只能看到白墙的区域竟发出很轻的声响，并且微微动了动。没错，这墙背后还有什么别的东西。秀悟手上加力，他感觉指尖一痛，与此同时，墙面突然猛地移向一旁。

"这是……"

爱美愣愣地低喃。秀悟维持着半蹲的姿势，也愣在了原地。

"这是电梯？"

秀悟口中吐出这个词。

出现在白板背后的，是一扇电梯门。秀悟皱起眉，一时间有点搞不清楚情况。

他以为这背后会是一间仓库，可结果却是一台电梯。这究竟是怎么回事？这家医院的电梯不应该只有从一楼到四楼的那一台而已吗？那么，眼前这个究竟是……

脑海中突然浮现出被剪断的电话线。秀悟半张着的口中发出"啊"的一声。

"怎么了？这，这是电梯吧？"

爱美一脸迷茫地问道。

"就是这个，院长就是坐这个来到这里的。"

"欸？"

"这个电梯肯定可以连接到五楼的备用品仓库。"

所以田所才能不被小丑发现，抵达一楼手术室弄断电话线。"

"也就是说……院长他从始至终都能坐电梯直接下楼到这里吗？可是他却一直向我们隐瞒了这些……"

"嗯，估计是这样。"

"为什么要这么做！要是之前就知道有这台电梯，我们说不定早就能顺利逃脱了呢！"

爱美的声音里带着怒气。她说得没错，只要像刚才那样先在楼上发出声音，将小丑引上楼，他们就可以乘坐电梯下到一楼逃跑了。虽然后门被封，不一定会成功，但他们至少能一早就想到这个办法。可院长却顽固地隐瞒着院内还有一台电梯的秘密。隐瞒秘密，真的是因为担心秀悟他们逃跑会殃及院内患者吗？还是有其他的理由……

"总之，咱们先从这儿逃走吧。"

秀悟把手从白板下方伸进去，按下按钮。伴随着一阵低沉的机器运转声，电梯门立刻敞开了，秀悟和爱美压低身体从白板下方钻过去，进入了电梯内部。

这台电梯内部空间相当宽敞，纵深约两米。估计是用来运送一些需要躺在手术台上的患者的。

内侧的墙面也有一个凹陷。秀悟伸手将那扇拉门一样的墙面合上。这样一来,就算小丑找过来,也注意不到这儿藏了一台电梯。

电梯门自动关上,秀悟看向了自己肩膀边的操作区域。上面有写着"开"和"关"的按钮,还有标了向上箭头和向下箭头的按钮,仅此而已。秀悟和爱美对视一眼,随后伸手按下了表示"向上"的按钮。电梯立刻开始向上升去。

爱美紧握着秀悟的手腕,秀悟感觉到她的手在微微颤抖。他自己也咬紧了嘴。

很快电梯就停下了,随后,电梯门以慢得人心焦的速度缓缓打开。日光灯的光芒透过徐徐打开的门缝洒射进来。

秀悟只把脸探出去看了一下外面的情况。电梯门外是一条很短的走廊,长度仅有数米,油毡地面反射着灯光。

确认走廊上没有其他人后,秀悟走出电梯,回头冲爱美招招手。

"这是哪儿啊?好像……不是仓库?"

走到走廊上的爱美四处张望着小声嘀咕道。秀悟心中的疑惑其实和爱美一样。

在肉眼可见的范围内，除电梯外还另有两扇门。一扇是走廊尽头的厚重铁门；还有一扇拉门，位于走廊中段的位置。

"该不会……尽头就是五楼那扇上锁的门？"

爱美指着走廊尽头。

"不，这条走廊的长度再加院长办公室所在的走廊长度，总长度还是要比其他楼层的走廊短了不少。我猜，那扇门背后是仓库，仓库再过去才连着院长办公室所在的那条走廊。"

秀悟谨慎地向着走廊的尽头前进，他伸出手用力去转门把手，可是无论是推是拉，那扇门始终纹丝不动。

"好像上锁了。"秀悟松开了门把手。

"那就是说……我们被困在这里了？"爱美不安地问道。

的确，这扇门打不开，一楼又有小丑把守，如此状况下，他们算是被困在这儿了。

"看来是的……"

"不过，院长他们应该有时也会躲进这里的吧？刚刚在三楼没见到他们，说不定他们当时就在这儿呢。"

在爱美的提示下,秀悟轮番观察起这两扇门。的确,爱美提到的这种可能性很大。

如果田所他们也在,那估计他们不是在那扇铁门背后的"备用品仓库"里,就是在走廊中段的那扇拉门背后了。

秀悟走到拉门前,手伸向拉门,但他的手指却在快要碰到门把手的时候停下了。

田所他们说不定就在这扇门背后,这里或许就是田所拼了命也要隐瞒的秘密地点。而且,他们也有可能就是杀掉佐佐木的凶手。

不,不仅仅是"有可能"。想到这里,秀悟的表情变得十分严峻。

因为刚刚在一楼没遇见任何人,所以"复数小丑猜想"的可能性应该是很低了;而与其成反比的,田所或东野杀害了佐佐木的可能性却显著变高。

眼下的他们,毋庸置疑是向着这座医院的秘密更近了一步。万一在这儿和田所他们打了个照面,秀悟不敢想那两个人会做出何种举动。

"秀悟先生?"

爱美提醒秀悟,这一声呼唤也解放了秀悟像被鬼压床一样无法动弹的身体。

迟疑不能解决问题，田所他们早晚会出现在这里。既然如此，还是自己主动出击吧。想到这儿，秀悟浅浅出了口气，暗下决心，伸手抓住门把手。随后，那扇拉门便滑动着向一侧敞开了。

秀悟做好准备，窥视起房间内的样子。门背后是一片十二叠大小的昏暗空间。他迅速打量了屋内一圈，没看到田所他们的身影。

里面乍一看很像是一间酒店客房。室内摆放有洋溢着高级感的桌子和沙发，墙面还装饰着风景画。不过，最吸引他注意的还是位于屋子正中间的床。

秀悟的眼睛紧盯着那张床。这是一张很朴素的病床，和房间的整体风格不搭。床上还躺着一个男人。不，与其说是男人，不如说是"少年"。因为他看上去年纪很小，甚至有可能还没念到初中。这少年紧闭着双眼，一张脸稚气未脱。秀悟蹑手蹑脚地走进了屋内。

"小孩子？"

紧跟着他走进屋内的爱美看见床上的少年，小声问道。两个人提高了警惕，小心翼翼地靠近那张床。床边有一台显示器，上面记录着心电图、心率、血氧浓度等。再定睛一看，秀悟发现从少年的脖子上延伸出了一根细细的点滴管。

他身上装了中心静脉导管？秀悟伸出手，指尖轻轻碰了碰那根塑胶制的细长导管，随后看向挂在点滴架上的输液袋。有人给这少年注射了补充水分和电解质用的一般点滴液，里面加了抗生素和合成麻醉药物。

这个搭配……秀悟不禁皱紧眉毛，一把拉开盖在少年身体上的被子，伸手去解他身上那件手术服的绳子。

"你要做什么啊？会把他弄醒的！"

爱美压低声音道。

"没关系。合成麻醉剂有镇静作用，他轻易不会醒过来的。"

"合成麻醉剂？"

爱美疑惑地重复道。

"对，就是强效镇痛剂。会使用这种药物的，一般是疼痛感强烈的癌症患者，或者……"

秀悟说着，将少年的手术服掀开。昏暗的橙色光芒勾勒出了少年赤裸的上半身。只见他肋骨十分突出，身形消瘦，左上腹位置还盖着一块巨大的纱布。

秀悟掀开那块纱布。

"大型手术的痕迹。"

那块纱布下面,是一道大约十五厘米的外科手术痕。

爱美很小声地抽了一口冷气。

秀悟靠近伤口查看,伤口被手术线缝合起来,淡淡地渗着血。伤口很新,这手术至多是在三天内刚刚做的。

三天内的手术痕迹……秀悟回忆起了几小时前在三楼见到的那个男人。他和这个少年,两个人应该是同时期接受的手术。

"那,那这个男孩子也做过手术了?他也是这儿的病人?"

"看样子是的。"

"可是,为什么这个孩子要住在这种密室一样的病房里呢?所以,院长想隐瞒的就是这个孩子?"

爱美微微歪着头疑问道。爱美说得没错,院长的确想彻底隐瞒这名少年存在的事实。可他为什么要做到这一步?这名住在密室一般的病房里,接受了大型手术的少年,究竟是谁?

"会不会……佐佐木护士说的'还有一个人'指

的就是这个小孩?就是'还有一名隐藏的住院病人'的意思?"

"啊,的确有这个可能。"

秀悟双手捂着脑袋。这几个小时之内,他在这家医院里所见到的一切正在逐渐归纳到一起。然而,真相的轮廓依然模糊。秀悟有些不耐烦地咬着牙,飞速转动大脑。

"咦?"

爱美突然喊了一声,打断了秀悟的思路。

"怎么了?怎么突然发出这么奇怪的声音?"

听秀悟这样问,爱美伸手指了指少年的左臂。

"这儿,这个孩子的左手臂有点奇怪。"

秀悟循着爱美的提示低头看向那截手臂。少年的手腕像枯枝一般细弱,他的手肘内侧浮现出一截直径约两厘米的粗大血管,正不住地均匀跳动着。乍看之下,这截血管仿佛一条潜在皮肤之下的蛇。

"动静脉内瘘吻合……"

"内瘘吻合?是什么意思啊?"

爱美听不懂秀悟咕哝的这句话。

"就是用手术将手臂的动脉和静脉连在一起。如果把肢体深处的动脉和皮肤之下的静脉相连,就能从此处采取大量血液。不过，随着时间流逝，压力会令静脉鼓胀起来，就变成他现在这个样子了。"

"采取大量血液？为什么要为了这种事专门做手术？"

"为了透析。透析需要抽走大量的血液，然后将其中的废物杂质过滤走，再输回人体，这个过程要耗费好几个小时。所以得在胳膊上装一个这样的瘘管，从中抽取血液，这个孩子应该有肾衰竭……"

说到这儿，秀悟突然停下了。

"秀悟先生？"

爱美有些讶异地窥看他的表情，可秀悟此时没有精力回答她。他的口中发出一声低沉模糊的呻吟。

患有肾衰竭的少年，左上腹部的手术痕迹，两个并排的手术台，保险箱里大量的现金，还有无依无靠的患者们……

这家医院的秘密……事实真相那原本模糊的轮廓骤然清晰了。

"移植……"

秀悟轻轻张开嘴，小声吐出这样一个词。

不可能啊，再怎么说这种事也不可能做得到啊。

秀悟拼命否定着自己脑中冒出来的可怕想象。

可是，他越是思索，就越确定这想象属实。

"病历！"

秀悟大喊一声，环顾病房。他立刻看见了自己要找的东西。显示器下方摆了一个小架子，上面放着病历本。秀悟双手颤抖着拿起那本病历。

病历的姓名栏只写了"12号"几个字。秀悟匆忙翻动着病历，寻找目标页。很快他就找到了——粘贴有血液各项指标的页面。

秀悟在昏暗的房间里凝神查看着一项项数据。

啊，果然如此……

秀悟感觉一阵眩晕，不禁脚下踉跄。

这张纸上有显示肾脏功能的指数，肌酐被写作"Cr"。一周之前，他的肌酐指数是"4.12"，是一个典型的肾衰竭病人的肌酐指数。可是，最新的血检数据则显示肌酐为"0.82"，指标大幅降低了。

"秀悟先生……究竟怎么了啊？"

秀悟双手无力垂下，低头不语。爱美忧心地问道。

秀悟虚弱地抬起脸，费力从嗓子深处挤出声音沙哑的回答：

"这个孩子，接受了肾脏移植。用的是刚刚倒在三层的那个男人的肾脏……"

3

"冷静下来了吗？"

爱美询问道。秀悟双手抱膝，点了点头。

十五分钟前发觉这一可怕事实后，秀悟就那么摇摇晃晃地走出病房，跌坐在了走廊上。真相对他造成的冲击过大，一时半刻间，秀悟实在无法接受。

他不由得紧抱住脑袋。爱美坐在旁边，缓缓地摩挲着他的后背，就像母亲在安慰孩子一样。

"我……我已经没事了。"

秀悟缓缓地小口吐着气回答爱美。他虽尚未平息混乱的心绪，但也在一点点找回冷静。

"那，能不能和我解释一下呢？秀悟先生刚刚发现什么了啊？我听到你刚才说什么移植，但我不太懂……"

爱美一脸认真地询问道。秀悟再一次深深地叹出一口气,看向爱美。

"这家医院在做非法的手术,而且,让住在那个房间里的小孩子接受了手术。"

秀悟尽量不含任何情绪地开始解释。

"非法手术,呃……那个孩子又是谁呢?"

爱美依然搞不清楚状况,皱着眉问道。

"一个患有肾衰竭的孩子。可能是有钱人家的小孩。"

"有钱人?"爱美似乎感到不可思议地反问。

"肾衰竭是非常严重的一种疾病。这种病会让肾脏无法正常工作,如果放置不管,一周不到就有可能丧命。为了保命,就需要做透析,净化血液。但是,透析是非常痛苦的折磨,每周三次,要用很粗的针头刺进胳膊里,花好几个小时让全身的血液流进透析器械里,循环净化再输回体内。得了肾衰竭就要一辈子接受这样的透析……"

秀悟语气平淡地讲解,爱美默默聆听着。

"这种治疗就连成年人都很难忍受,对于这样的小孩子来说更是煎熬。而且,透析也并非完美方案,长时间接受透析会产生各种并发症。不过,唯有一个方法,能让肾衰竭病人逃离透析的折磨。"

"有办法治好他们,是吗?"

"没错,就是肾移植。把别人的肾脏移植过来代替自己的肾脏就可以了。"

"别人的肾脏……那要去哪里找呢?"

"最常见的是由家人提供肾源,进行活体移植。就是从活着的人身上取出一边的肾,移植过去。虽然肾脏是两个,但单凭一个肾也能过滤血液。不过,就算有家人主动提供,有时候也未必能配型成功。遇到这种情况就只能登录脏器移植网站,等待死者的肾移植机会。"

"死者……"爱美的表情显得有些害怕。

"没错,如果一个人生前有捐献脏器的意愿,那么当此人死亡,就可以在获得其家属允许的情况下摘走他的脏器用来移植。但是,和需要脏器的人相比,提供脏器的人明显要少得多,这就是目前的实际情况。"

"是这样啊……"爱美略略点了点头。

"也就是说,有很多肾衰竭患者强烈期盼着移植,但等不到机会。这些人只能一边接受透析,一边等着哪一天能幸运地轮到自己。本来应该如此……"

听到秀悟这句别有深意的话，爱美显得有些紧张。

"本来应该如此……是什么意思？"

"有些人会通过正规手段之外的方式得到脏器，用大笔的金钱。"

"大笔的金钱……这种东西，能用钱……"

"能。钱可以买来器官。如果是肾脏的话，少了一边也能活下去。肝脏也是，只要适量切除就还能再生。传闻，东南亚等经济比较差的地区就会暗中进行违法的人体器官贩卖。"

"这……这是真的吗……"

爱美一只手捂住嘴，惊得说不出话来。

"我之前也只是听过这种传闻，并不知道有几成是真的。"

"那就是说……那间病房里的孩子，就是接受了你刚刚说的那种非法的肾脏移植手术？是从国外买的肾脏吗？"

爱美抬起颤抖的手，指了指几米开外的那间病房的门。

"不，并非如此。从某种意义上讲，这家医院做的事情更加恶劣。"

秀悟无力地摇了摇头继续道：

"移植用的脏器从提供者身体里取出之后，需要尽快做移植手术。从外国运脏器回来再进行移植是不可能的。所以，这家医院就在院内取出肾脏，移植给了患者。"

一开始爱美还没明白他的意思，只是紧锁着眉毛，几秒钟后她恍然大悟地睁大眼睛，张着嘴巴问：

"那，该不会是……"

"没错，就是从住在这家医院里的患者身上取走肾脏，再移植给其他人。这就是为什么一间手术室里并排摆着两个手术台。从一侧手术台上躺着的人身上摘走肾脏，再移植给躺在旁边手术台上的患者。这家医院长期住院的病人高达六十余人，单凭这一条，就有更高的概率找出适合提供脏器的人选。所以，从某种意义上讲，这家医院就是一座脏器移植的展销会场。"

"怎么会？做这种事马上就会露馅儿的……那些患者的家人会发现……"

"住在这里的病人绝大部分都是无依无靠或者身份不明人士，而且很多人意识都不清楚。这家医院专挑这样的患者收留，所以无论他们对这些患者做了什么，暴露的风险都很小。"

爱美嘴巴半张着僵在了原地。

"参与这台手术的人是田所、东野、佐佐木。他们肯定是通过血液检查找出了符合委托人需要的脏器提供者，然后以此人突发急症为由把他送去手术室，然后进行手术取出脏器。需要接受移植的患者则通过连接这里和一楼走廊的电梯被推进一楼的手术室。田所他们估计就是这样通过非法的脏器移植拿到了大笔金钱。院长办公室保险柜里那三千万，应该就是手术费用吧。因为这是一笔见不得人的黑钱，所以才偷偷摸摸藏在那么隐秘的保险柜里。"

秀悟冷静地继续道。

"那么……该不会，写在那张便条上的七名患者……"

"没错，我猜那七个人全都被取走了肾脏。大家都莫名接受了一场紧急手术，而且仔细想来，术后他们应该都出现了肾功能略微下降的现象，因为一边的肾脏已经被取走了……"

"太过分了……"听完秀悟的解释，爱美垂下头低声道。

"是啊,太过分了,这可是相当恶劣的犯罪行为!所以田所才那么害怕,他怕警察冲进医院,自己的所作所为就会暴露。于是他拼命地阻挠我们去报警。他肯定是想等小丑离开后,趁警察抵达医院前把那间病房里的小孩偷偷运走吧。"

秀悟闭上眼,深深叹了口气,然后又补充了一句:

"这就是田所拼死也要隐瞒的'秘密'啊。"

走廊陷入沉默,一片如铅般沉重的沉默。这终于露出本来面目却又过于可怕的真相,令秀悟和爱美双双无言低头。

几十秒钟之后,爱美率先打破了沉默。

"那小丑呢?"

"欸?你说什么?"

秀悟抬起脸看着爱美。

"那个小丑之所以来到这家医院,又和这个'秘密'有什么关系呢?我被他击中,绑架到这里,也是出于这个'秘密'的缘故吗?"

爱美的声音中含着难以压抑的怒火。

"我也不知道……"

秀悟坦率地回答。如今再回忆小丑的一系列举动，一方面，他似乎的确是出于什么目的而来到了这家医院。可另一方面，他的行为又显得异常随意。

小丑的目的究竟是什么？为什么手机没有信号？是谁在病历本中夹了那张便条？还有……是谁杀了佐佐木？

一个"秘密"虽被找了出来，可是搞不清楚的事情还是多得可怕。

"接下来我们该怎么办？事情究竟会变成什么样啊。"

爱美无力地咕哝着，抓着救命稻草一般地看向秀悟。秀悟缓缓环视着整个走廊。

现在就算坐电梯返回一楼，也会遇到等在那儿的小丑。而且，连接备用品仓库的铁门也锁得死死的。少年躺着的那间病房窗户上肯定有铁栅栏。再说了，要从五楼的窗户溜出去也是不可能的。他们已经彻底被逼到了死胡同里。

"就这么待在这里等吧。"秀悟仰视着天花板道。

"等？要等什么啊？"

"等着时间过去。你看。"

秀悟指了指左手的手腕，他腕表表盘上的指针指向了凌晨四点零八分。

"还有不到一小时就五点了。到时候早班的员工会来上班的。如果小丑能在那之前自行离开医院当然最好,不过倘若他继续封锁医院,来上班的员工应该也会去报警。与其轻举妄动,不如乖乖待在这儿……"

秀悟正说到这儿,走廊上突然响起钥匙开锁的声音。秀悟和爱美同时看向发出响声的位置。

走廊尽头的那扇铁门缓缓向内打开。秀悟慌忙站起身,挡在了爱美前面。

从推开的门缝中有人影晃了进来,是两个穿白衣的人。

田所和东野走了进来,看到站在走廊上的秀悟和爱美,他们两人吃惊地睁大双眼。

"你,你们为什么会……"

田所嘴巴大张着,发出浑浊的低呼。

"我们坐电梯上来的。就是你藏起来的那台电梯。"

一瞬的迟疑后,秀悟压低声音道。

反正也不可能再糊弄过去,那就干脆正面出击好了。

"电梯……你们怎么去的一楼……"

"你管我们怎么去的?"

面对语塞的田所,秀悟冷冰冰地继续道:

"我倒要问问你,为什么要隐瞒那台电梯?只要好好利用电梯,我们说不定就能逃出去了。"

"因为……因为如果我们逃跑了,那个小丑就有可能把这里的患者都杀掉啊……所以……"

"你撒谎!"

秀悟怒吼一声,打断了田所畏畏缩缩的解释。田所歪着嘴巴哽住了。

"病人?你心里一丝一毫都没有考虑过病人!不,不对,说得准确些,你想保护的病人,其实就只有一个。"

"你该不会……"

田所的视线落在了秀悟身边那间病房的拉门上。

"是啊,没错。我们已经进过那间病房了,也见到里面躺着的那个小孩了。"

听到秀悟这句话,田所的眼神开始慌乱起来。

"那,那个小孩是……是一个政治家的私生子……呃,然后他,他得了重病,政治家怕曝光出来不好搞,所以就让孩子住在这间病房里了……方便那个政治家偷偷来探病……"

田所结结巴巴地解释着,秀悟则故意夸张地叹了口气。

"院长,何必编这种故事。我已经全都知道了,那个病床上的少年就在这几天之内接受过肾脏移植手术,用的估计就是倒在三楼的那个男人的肾吧?"

田所和东野的脸顿时像被火炙烤的蜡一样,歪斜扭曲。

"不只是三楼那个男人。这几年之内,你们曾取出过好几名住院患者的肾脏移植给别人,以此敛财。你是为了隐瞒这一点,所以才要阻挠我报警!"

秀悟一口气说完之后,大口喘着气。

"秘密"被拆穿后的田所会采取怎样的行动?秀悟想象不到。最可怕的结果,就是为了封他的嘴而攻击他吧?

秀悟稍稍放低身体的重心,双手握拳。就算他攻击过来,只要不放松警惕,他应该也反击得了这个人到中年,脚上有伤的家伙吧。秀悟仔细地观察着身体微微发着抖的田所。

"怎么不行了?"

垂着头的田所嘴里似乎咕哝着些什么。但是他的声音太小了,秀悟听不清楚。

"什么?你说什么?"

秀悟依然保持着十足的警惕反问他。下一个瞬间,田所猛地抬起头喊道:

"这样做怎么不行了!是啊,你说得对,我把住院病人的肾脏移植给了肾衰竭患者。那又如何?我只是在帮助他们!"

田所那肥厚的双唇哆嗦着,唾沫横飞地大吼道。

"你说什么?你那样做完全是在犯罪……"

秀悟愤然,田所眼神锐利地瞪着他道:

"我的所作所为当然算犯罪,一旦被公之于众,我就会被警方当成罪犯抓起来。可是,我这样做能让那些接受移植的患者逃离痛苦的透析,他们都很感谢我!"

"只有接受移植的人才会感谢你吧?供体又会怎么想?你擅自把他们的身体剖开,取走了人家的内脏啊!"

"他们已经死了!"

田所的这句话一说出口,秀悟简直怀疑自己听错了。

"你在……说什么……你在说什么啊?"

"你不是也看见这家医院里那些病人的样子了

吗？他们之中大多数人都陷入了昏睡或半昏睡状态，他们的意识已基本不可能恢复了！的确，他们的肉体还是活着的，但作为一个人，那副模样不就等于是死了吗！"

田所挥着拳头奋力阐述着自己的观点，秀悟被强烈的厌恶感刺激得想吐。

"开什么玩笑！你凭什么下这种判断！就算陷入深度昏睡状态，也是有可能恢复意识的啊！"

喊出这句话的瞬间，秀悟明确捕捉到了田所和东野脸上一闪而过的动摇。

"看来真的有，对吧？在你们取出了脏器的供体之中，真的有人恢复了意识对不对？"

在秀悟的追问之下，田所和东野都沉默了。看他们两人这种态度，秀悟知道自己猜得没错。

"那名患者……后来怎么样了？该不会……"

秀悟感觉舌头发僵，话也说不利索了。田所根本不把住在这家医院的患者当人，一旦有人被摘走脏器后恢复了意识，他会怎么对待这名患者？光是想想，秀悟就感到毛骨悚然。

"不是的！你别瞎猜！我没做那种事！那名患者丧失了事故前的全部记忆，所以我们告诉对方那道手术伤痕是以前就有的，患者也接受了。我们现在正积极帮助对方复健，以便日后尽快回归社会。"

田所尖声解释着。秀悟看着他的眼神却充满了怀疑。

"我不管你说多少漂亮话，擅自剖开患者身体，以此敛财的行为都是事实。"

听到秀悟低声说出的这句话，田所唇角讥讽地上翘，脸颊痉挛着笑了起来。

"你，你从刚才开始就大言不惭地指责我，可是从某种意义上讲你也是共犯。"

"共犯？你说我？"

这句指责太过突然，秀悟忍不住提高了嗓门。

"没错，你的确不知道那些患者被取走了一部分脏器，可是你很清楚这家医院就是靠这些瘫在床上的病人来运转的！"

田所情绪激动，滔滔不绝。

"给失去意识的病人装鼻饲、胃部造瘘、通过静脉滴注强行塞营养，给肾衰竭的患者反复做透析，稍有些发烧就给患者服用大量的抗生素……你难道真觉得这些治疗手段是为了患者好吗？可是，这种强制延长寿命的做法，在现在的日本随处可见。我们医院就是用这种办法弄到医疗费的,而你,就在我们这样的医院工作!"

"我只是在值班过程中对状态异常的病人进行了正规处理而已!"

田所的这番胡搅蛮缠太过荒唐,秀悟急得涨红了脸。

"你不就是想说,你每周只来值一次班,你不负这个责任吗?可你明明是从这种手段下获得的医疗费里抽取的值班费用啊!在你从我们这里领到薪水的那一刻起,你就是这家医院的一员了。这家医院的所作所为,你也一样要负责!"

田所声嘶力竭喊出的这一番话已经彻底丧失逻辑了。秀悟放弃了反驳的念头,对方此刻的这种精神状态,他说什么都是没用的。而且,田所的话似乎也有点道理。

秀悟回忆起了住在这家医院里的患者。那些在不自然的医疗处置之下,被强行维持着生命的患者。的确,自己正站在伤害他们的那一方……

"秀悟先生……"

他听到身后的爱美正不安地呼唤着自己。秀悟转过头小声对她说了声"没事的",随后又向田所迈近了一步。田所那双充血的双眼也看向了秀悟。

"我不知道自己究竟有没有责任,不过,倘若能平安无事地走出这家医院,我一定立刻去报警。所以我劝你别再挣扎了。"

听到他这么说,田所嘴唇歪斜狰狞,连牙龈都露了出来。

"等,等一下!这件事没那么简单!这可不单是我一个人的问题,这件事一旦被捅出去,会出大乱子的。"

"接受移植手术的患者里,有公众人物,对吧?"

"嗯,是啊。"

田所犹犹豫豫地点了点头,又急切地欠着上半身继续道:

"如果,如果你愿意保持沉默,我就分你一部分钱,数额可不小呢。"

田所一边说着,一边露出一个巴结讨好的笑容。秀悟冷冰冰地看着他,脑子里盘算着接下来该如何是好。

"当然,如果不把这件事说出去,我也会付那边那位女士一些谢礼。虽然你不幸卷进今晚这起事件之中,但我可以补偿你,给你一大笔钱,怎么样啊?"

"你开什么玩笑！我才不会……"

爱美大声抗议起来，可秀悟却突然伸手制止了她。爱美露出不可思议的表情，轻轻问道：

"秀悟先生？"

"给多少？"

秀悟收起下巴，上挑双目盯着田所问道。田所的表情顿时一亮。秀悟听见爱美在自己身后吸了一口凉气。

"这，这个嘛……我马上就能拿出五千万……不过，如果你们愿意稍微等等……我还能给更多，估计……能拿出七千万。"

"我知道了，这个价格可以。七千万，我和她一人一半。"

"你在说什么啊！"

爱美尖声大喊。秀悟转头面向她：

"好了，就按他说的办吧。倒了这么大的霉，没点补偿怎么说得过去。一下子能到手三千五百万还不错不是吗？"

"你是……认真的吗？"爱美睁大了双眼，颤抖着问道。

"嗯，认真的。我觉得这是最好的办法。你可能暂时接受不了,之后你冷静冷静再想想,就会觉得我的选择是对的。"

"可是那些病人,那些肾脏被挖的病人怎么办?"

"刚才院长不是也说了吗?被取走脏器的大多是不可能恢复意识的患者。他们不会有怨言的。不如说,这些患者要是知道自己能献出器官来帮助他人,说不定还很高兴呢……"

"刚才不是提到了……有恢复了意识的患者……"

"哎呀,那种只能算运气不好,可以忽略不计的。再说了,只剩一边的肾脏对日常生活也没太大影响。"

秀悟的语气十分平静。爱美那淡粉色的嘴唇紧紧地抿着,随后,她高高举起手甩了秀悟一巴掌。

"啪!"

干巴巴一声脆响回荡在走廊上。

"你满意了?"

秀悟抬手摩挲着被扇了一巴掌的脸颊问她,爱美别开了脸不看他。那张脸仿佛在忍痛一般扭曲着。

"那个……她没问题吧?"

田所开口问道。秀悟耸耸肩,露出一个苦笑。

"没问题,我会好好劝她的。她也不是傻子,我仔细和她分析好利弊,她会理解的。"

"真能理解就好……"

田所有些不安地看向爱美。

"说起来,这次的事如果隐瞒下来了,院长以后还准备继续做这种移植手术吗?"

秀悟语气轻松地问道。

"呃,这个嘛……"

田所支支吾吾地敷衍着。

"那可不行,您看我这才刚入伙,您可别放弃啊。这么大的风险我都分担了,以后赚钱也得带上我才行,不然我不就吃亏了吗?之前一直没等到什么好机会,其实我可是个手艺不错的外科医生呢。我会作为助手协助您做移植手术的,往后也多关照喽……尤其是这个。"

秀悟用拇指和食指摆了一个钱的动作。

"明白了,我会想办法让你也赚到钱的。这样总行了吧?"

"嗯,当然了。咱们这就算谈拢了。"

秀悟满脸堆笑地冲田所伸出手,田所迟疑着,最终也握住了他的手。

"那么院长,咱们接下来该怎么办呢?"

"哦,哦哦,对啊。我的想法是待在这儿,一直等到那个小丑离开。这扇门是铁制的，很结实。而且从备用品仓库那边看过来，也很难看出这儿有一扇门。小丑肯定是不会找到这儿来的。到了早上五点，那个小丑走了，我们就把该藏的都藏好，然后去报警……"

"那个小丑真的会主动离开吗？"

秀悟小声咕哝道。

"啊？你是什么意思？"

"字面意思啊，院长。咱们已经算共犯了，您就老实回答我好吗？"

秀悟说罢，抹去了脸上的微笑。

"关于那小丑的真实身份，您真的没有头绪吗？"

"我，我为什么会对他的身份有头绪……是吧？"

田所转而去问站在他身边的东野。东野满脸憔悴，疲惫地点了点头。

"真的吗？您嘴上说那个男人是抢劫犯，于是我也相信了您的说法，但说不定还有其他可能性呢？"

秀悟再度抬起双目向上瞪视着田所。

"你，你说什么……"

田所看上去有些逃避。

"我之前不是也说过吗？院长从院长办公室保险

柜里拿出一大笔钱给那个小丑的时候，对方似乎在找其他东西。而且，一下子拿到了三千万巨款，那小丑没有表现出开心，反而勃然大怒要杀了您。如果那个男人只是抢钱的强盗，那他的所作所为未免太奇怪了。"

"那是……"

"那个小丑可能并非单纯的强盗，而是从一开始就盯准了这家医院，并且是出于金钱之外的其他目的。果真如此的话，那到五点钟就离开这家医院的前提可就不成立了。我们得商量好到时候该怎么办才行啊。"

秀悟低声说罢，就听到田所很大声地吞了吞口水。

正在这时，从秀悟背后突然传来"叮"的一声清脆的电子音。秀悟条件反射般扭头看去，眼前的景象令他不禁发出一声低低的闷哼。

"原来你们都躲在这儿呢！"

小丑从电梯里走了出来，从他口中发出了和那张笑脸面具不符的、剑拔弩张的声音。

4

"为,为什么……"

秀悟从嗓子里挤出一句沙哑的疑问,小丑扬起握着枪的右手,沿着走廊缓缓走过来。秀悟慌忙挡在爱美前面。

"为什么?你是问我为什么找到了这台电梯是吗?"

小丑的语气饱含威胁之意,他一步一步地,越走越近。秀悟他们则一点点后退着。

"我把那个发出蠢声音的破电视关掉之后回了一楼,听到手术室那边有动静,于是就过去查看,结果一个人影都没发现。我怀疑可能有人躲在这里,所以在手术室和走廊上拼命地翻找。于是就让我发现了,那面墙上有道缝。"

小丑语速很快地说完了这些,秀悟听得表情扭曲。走进电梯之后,他记得自己从内侧关上了那扇隐藏的门。结果没关好是吗……无尽的懊恼开始折磨起他的心。

"我推开一看,吓了一跳。眼前突然冒出一台电梯欸。于是我干脆走了进去,结果走出来就看见了你们几个。喂,院长,这儿究竟是什么地方啊?"

"是五楼的仓库里面。"

田所战战兢兢地回答。

"仓库?哦,院长办公室前头那扇门的另一侧?可仓库里为什么有这么一段走廊?"

枪口指向田所,小丑询问他的语气很不耐烦。

"这里……这里是贵宾住的地方。一些患者不希望有人知道自己住院,所以就建了这个通道,帮他们秘密住院。就只是这样而已。"

田所只犹豫了一瞬,就快速给出了解释。他没有说谎,但说的也不全是真话。所以比起蹩脚的遮掩,这种解释听上去反而更真实些。

"就是说,那个房间里住着贵宾喽?那绑了贵宾做人质,应该比你们更有价值吧?"

"那，那病房里住的是个孩子！是，是我的外甥。我是为了方便给他看诊才让他住进去的。请您别绑架他，他还只是个小学生啊！"

田所拼了命地说着谎话掩饰。小丑那双假面之下的眼睛微眯起来，他保持着手枪直指秀悟他们的姿势，靠近了病房门，把拉门稍稍推开一道缝，看了一眼里面的情况。

随后他立刻关上了门，有些恼火地咕哝道："还真是小孩。"

"请您，请您别对他下手，求求您了……"

田所双手合十，不住摩挲掌心，仿佛在祈祷。

"说的什么难听话，我可从来没想过要对小孩子下手。而且只要你们老老实实，我也不会对你们做什么的。"

小丑大声哑了哑嘴说道。田所双手合十，露出一个松了口气的表情。

"总之，你们先都给我滚下楼，所有人都下去！那道门出得去是吧？快走！"

小丑抬了抬下巴。秀悟他们按照小丑的要求，由田所打头慢吞吞地沿着走廊向前走。

在小丑的手枪押送下，秀悟一行人穿过保管有大量病历和医疗器械的备用品仓库,走到院长办公室外面的那条走廊上,又沿着楼梯下到了二楼。因为田所脚受了伤,所以光是走完这段路就花了将近十分钟。

"好了,你们就先搬来椅子坐在这儿吧。"

当秀悟他们四个人走到透析室接近中间的位置时,小丑下达了这样一条指令。

"让我们坐下是要干吗?"

秀悟一脸警惕地问,小丑从鼻子里哼了一声。

"我要把你们绑在椅子上,保证你们不会再有什么奇怪的行为。喂,我刚发现,不是应该还有个人吗?就是那个没什么存在感的女人。"

小丑环顾起了透析室。

"那个女人该不会独自躲在什么地方了吧?你们别想搞鬼啊!"

小丑说着,狠狠跺起脚。秀悟见他这副模样,忍不住皱起了眉。小丑是真的不知道佐佐木已经死了,还是假装不知情的?他无法判断。

"喂!我问你们呢!那个护士去哪儿了!"

小丑看向秀悟。秀悟一时间有些迟疑,不知该如何回答他。正在这时,一声尖叫响起:

"难道不是被你杀了吗!"

这几十分钟里几乎一个字都没说出口的东野此时高声大喊起来,一张圆脸涨得通红。

"你在装什么傻啊!就是你!就是你杀了佐佐木!你有什么必要杀了她啊!你这个杀人犯!"

东野双眼通红,嘴角挤出泡沫,不断嘶吼。小丑吃惊地瞪大了眼。

"杀人?你在说什么?我没杀任何人啊……"

"除了你还能是谁杀了她!佐佐木下个月就要结婚,已经准备从这家医院离职了。结果就这样丢了命,为什么……"

东野双手捂着脸,瘫倒在地。原本就圆润的身子蜷得更圆了。小丑就这样愣愣地看着眼前不停呜咽着的东野,开口道:

"怎,怎么回事……真的有人死了?骗人的吧,我没做这种事……"

小丑那半张着的口中发出细弱的低喃。

秀悟冷静地观察着乱成一团的事态。目前看来,小丑和东野表现出的慌乱情绪不像是演的。如果杀害佐佐木的不是这两个人的话……

想到这儿,秀悟的视线立刻转向了站在一旁

的田所。

下一个瞬间，秀悟猛地睁大了眼睛，他的视线飘浮在半空，彷徨着。有那么一瞬，他好像听到了"那个声音"。

是错觉吗？他努力让自己全部的注意力都集中到听觉上。他确实听到了。虽然微弱，但是那个声音正敲击着他的鼓膜。

不是错觉！秀悟在确定之后紧绷起脸，与此同时，在场的其他人也纷纷表现出了动摇。

只见小丑猛踩地板冲向了挂着窗帘的窗边。他稍稍拉开一点儿窗帘向外窥视，在几秒钟之内，就那么一动不动地静止着。随后，他缓缓地扭过头，看向了秀悟几人。

"这是怎么回事？"

小丑低沉的声音压抑着情绪，他徐徐拉开了窗帘。

数辆警车响着警笛，逐一开进了医院楼后的停车场内。

红色警灯那不祥的光芒，照亮了小丑的侧脸。

第四章

假面脱落

1

秀悟坐在折叠椅上，低头看了一眼手表。现在的时间是早上四点五十分。原本再等十分钟就能解放了，到时候小丑会离开这家医院，他们就安全了。可是，眼下这个希望却是消失殆尽。

秀悟看着小丑。自被警方包围至今已经过去了大约二十分钟。小丑在屋子里匆匆地来回踱步，不时掀起拉着的窗帘，观察一下外面的情况。每当把所有窗户都看个遍，小丑就会大声咂嘴。看他的反应，估计警方已经把整个医院都包围住了。

秀悟观察了一下自己的周围。田所、东野还有爱美三人环绕着自己坐在折叠椅上。三个人的脸上都是满满的疲惫。

自己的脸色应该也和他们一样吧。秀悟的身体里不断涌起一股极沉重的疲劳感。他看向爱美的侧脸。

自从他主动表示要做田所的"共犯",爱美就一句话都没和他说过了。

似乎是注意到了秀悟的视线,爱美瘪起嘴扭过了头。秀悟垂下脑袋,深深叹了口气。如果可以的话,他真的很想和爱美聊聊。但眼下这种情况,估计是不可能了。

这时,秀悟的眼前出现了一双穿球鞋的脚。他抬起头,只见小丑手举着枪站在他眼前。

"是谁?"

小丑威胁地压低声音问道。

"是谁报的警?"

没错,问得好。究竟是谁报的警?这二十分钟里,秀悟也一直在思考这个问题,但仍未得出结论。

他和爱美试图报警,但是失败了。而田所一直在拼命阻拦,所以报警的应该也不是他。难道是东野?佐佐木被害后,她的精神终于被逼到了极限,所以违抗田所的命令,跑去报了警?

"我问你究竟是谁报的警!"

小丑歇斯底里地喊着，不停挥动手里的枪。

"我是不是一开始就警告过你们！一旦有人报警，我就不会放过你们！是谁！是谁把警察喊来的！院长！是不是你！"

小丑喊得嗓子都哑了，他将手中的枪对准了田所。田所双臂护住自己，紧紧地蜷着身子。

"不是我！我没报警！别打我！"

田所哆嗦着大喊道。看着眼前的田所，秀悟的大脑在不停转动。

说起来，比起"是谁"报的警，他更想知道的是"如何"报的警。医院里的座机全都打不通，手机又都没信号。就算想报警应该也报不了吧？该不会是院外有人发现了异常，于是跑去报的警吧？

正当秀悟思考到这一步时，房间内突然响起了一串爵士乐的旋律。那曲调轻松活泼，和眼下的气氛完全不符。秀悟环顾四周，寻找声源。

"是我的手机。"

田所战战兢兢地从白衣兜里掏出了他的折叠手机。

手机有信号了？秀悟也伸手去摸衣服兜，掏出了自己的手机。液晶屏上立起了三根信号标志。

"是谁打的?"

小丑低声问道。

"是,是陌生号码。"

田所尖着嗓子回答。小丑沉默了数秒,随后冲秀悟抬了抬下巴。

"你来接。"

"欸?我?"

秀悟冷不丁被点了名字,他指着自己呆愣地问道。

"对,没错。你看上去最冷静。别废话了,赶紧接电话!"

"哦,哦哦,好的。"

秀悟慌里慌张地接过了田所的手机,按下接听键,将手机举到耳畔。

"请问是田所医生吗?"

对面传来一个男人的声音。他的音色低沉稳重,听上去应该是个中年男人。

"不……田所院长现在不太方便接电话……"

这个人是田所的朋友吗?秀悟有些迷茫地回答。

"是吗?我是警视厅的角仓。如果弄错了的话我先向您道歉,请问,您是闯入田所医院的犯人吗?"

对方自称角仓,他的声音始终十分沉稳。这电话竟然是警察打过来的?在如此出乎意料的情况之下,秀悟也不知道该如何反应才好。

"那个……请您稍等一下。"

秀悟说罢捂住了话筒的位置,看向小丑。

"是警察打来的,他问我是不是犯人!"

秀悟惊慌失措地说。小丑则唇角上翘地回答:

"哦,终于打电话来了?那你给我听好,首先你要自报家门,然后告诉警方,让他们用这个号码联系你。接下来什么废话都别说,直接挂断电话,明白了吗?"

说罢,小丑从牛仔裤的后兜里掏出一张便条。上面写着一串"090"打头的电话号码。

"啊,呃,非常抱歉,让您久等了……"

"不,没关系。那么我再重复一遍刚刚的问题,请问,您就是封锁了这家医院的犯人吗?"

角仓在电话那头又问了一遍。

"不,我是人质中的一个,遵循犯人的指令接了您的电话。我是今晚在这家医院值班的医生,名叫速水秀悟。"

"速水医生对吧?我知道了。不过,我们这边拿到的信息显示，今天值班的医生应该是调布第一综合医院泌尿科的小堺司医生啊。"

秀悟有些吃惊地睁大眼。自警方知悉这家医院被封锁到现在应该还没过多久啊，可是他们竟已经调查得如此详细了吗？

"是的。当值的原本是小堺医生，但他突然有急事走不开，于是我就代替他过来值班了。我是小堺医生的后辈，和他供职于同一家医院。"

"原来是这样，明白了。顺带一提，您能透露一下那边的情况吗？"

"不，犯人禁止我这么做。而且他还要我告诉您，接下来请您拨打以下号码和我们联系，您现在方便记录吗？"

"没问题，您请讲。"

"好的，号码是090……"

秀悟将那张便条上的号码读出来后，说了一句"先挂了"就挂断了电话。

"都按你说的做了。"

秀悟垂下了握着手机的手，小丑十分满意地点了点头。

"好，然后把你们的手机都关机。接下来这家医院的事情肯定会被媒体报道出来，到时候你们几个的电话估计会被打爆的。"

秀悟点了点头，按照他的要求关机了。田所也从白衣兜里掏出东野和佐佐木两人的手机，关掉了电源。

"这个给你。"

小丑从外套内侧的口袋里掏出一个小小的手机，由下而上抛给秀悟。秀悟伸出双手接住。这手机不是小丑在手术室给他们播放新闻时用的智能机，它看上去十分朴素。

"这是？"

"我找了特殊渠道搞来的非合约机。用这种手机就不需要担心个人信息曝光了。和警方联络可以用这个。"

非合约机？为什么要大费周章地准备这种东西？秀悟正要开口询问，可电话铃声却抢先一步响了起来。

"喂！你让我说什么啊？对方肯定是要打听我们这边情况的。"

"你如实回答他就行……不过，不许告诉他出人命的事。还有，告诉他们，一旦警察冲进院内，我就杀了人质。"

"明白了。"

秀悟咽了咽口水,按下了通话键。

"喂,我是角仓,请问您是……"

"我是刚刚和您通话的速水,按犯人的指示接了您的电话……"

"是速水先生啊。如果可以的话,我们希望能和犯人直接对话,能麻烦您问一下犯人他是否愿意吗?"

"好的。"

秀悟又捂住了话筒位置,望着小丑。

"警察说想和你直接对话。"

"我不要。那家伙肯定是什么谈判专家吧?要是直接和他对话,我迟早会着了他的道。对话必须通过你传达,你就这么转告他吧。"

小丑摇摇头回绝了他。秀悟松开捂住话筒位置的手,对电话那头说:

"他不想直接和警方对话,他说要通过我来转达。"

"我明白了。请您告诉他,如果他改主意了,可以随时和我们沟通。那么,速水医生,您是否方便讲一下院内的情况呢?"

角仓依然用低沉冷静的声音问道。

"好的。现在院内的人质一共有……四名医护,还有犯人绑过来的一名女性和六十人以上的患者。患者都在三楼及三楼以上,我们五个人在二楼,遭受手中有枪的犯人监禁。犯人威胁我们,如果警察进入院内他就用枪射杀我们。"

"我明白了。那么,能请您把在场几名人质的名字告诉我吗?"

"我,院长田所,护士东野和……佐佐木。还有犯人带来的一名女性,川崎女士。"

"这位川崎女士是犯人在调布市大街上绑架的那名女性吗?如果是她,请您把她的全名告诉我们,这样有助于我们了解她的身份。"

"她的全名是川崎爱美。爱情的爱,美丽的美……她说自己在附近一所女子大学读书……"

秀悟询问地望向爱美,想问问她具体读的是哪所大学,可爱美相当直白地扭过了脸。看来她至今还无法原谅秀悟和田所同流合污的决定。

"你要婆婆妈妈讲多久?已经说得够多了吧?赶紧把电话挂了!"

小丑不耐烦地骂着,举起手枪对准了秀悟。

"我得听犯人指令,先挂了。"

"稍等一下!我说最后一句,能麻烦您问一下小丑有什么要求吗?"

角仓喊住了正要挂断电话的秀悟,问道。

"警察问你有什么要求……"

听到秀悟这句话,小丑的唇角显露出一丝微笑。

"你让他们再等几个小时,今天上午我会把我的要求告诉他们的。如果他们愿意接受,我就把人质都放了。"

要求?他究竟准备要求些什么?秀悟皱着眉头把小丑说的这番话转达给角仓,随后挂断了电话。

"这样就可以了是吗?"

秀悟问。小丑眯着眼睛轻声回答:

"嗯,这样就可以了……"

他的语气平静得出人意料。秀悟只能沉默地望着他。

"这里是案发现场。昨夜在调布市某便利店内开枪并抢走现金的男性,现在正挟持人质躲进了这家医院内。有相关目击信息表示该男性从便利店逃走时绑架了沿路的一名女性,据警方透露,这名女性此刻也成了医院内的人质。包括这名女性、住院病人、夜勤医护在内,该医院内的人质多达数十人。他们的安危牵动着我们所有人的心。目前警方正在竭力劝说这名犯人,但犯人一方尚未做出任何明显反应。以上就是来自现场的最新报道。"

液晶画面里的女记者语速很快。小丑此刻正站在窗边,收看着移动端的电视频道新闻。随后他手触屏幕换了一个台,这个频道中出现的也是从外部拍摄的田所医院。

时间已经过了早上六点。距离警察包围田所医院已经过去了约一个半小时,早间新闻大部分都在报道田所医院的绑架案。

小丑将手机收回到口袋里,又透过窗帘缝隙看向外面。这一个小时的时间里,小丑就这样每隔几分钟看看新闻节目,再看看院外的情况。

秀悟坐在折叠椅上抱着双臂,观察着小丑。和角仓对话已经过去了一个小时,秀悟他们几个人质之间几乎一句话都没说过。爱美相当明确地回避着秀悟,田所和东野看上去已过度疲劳,根本没有力气主动开口。沉重窒息的沉默就这样持续了一个小时。不过也多亏这漫长的沉默，秀悟才得以沉下心来仔细思考。

思考现在发生了什么，思考接下来该怎么做。

他使出全力转动大脑，最终得出了一个猜测。这个猜测相当离谱，一般很难想象得到。可是，除此之外他也想不到其他的了。

既然如此……

秀悟手插白衣口袋，右手指尖转动着口袋里的那支马克笔，他看向左手拿着的手机，在脑中模拟着接下来该如何行动。正在这时，手中的手机响起一阵铃声。估计还是角仓打来的吧。这一个小时里，手机响起过好几次铃声，但从一开始那次之后，小丑就再也没同意他接听过。

"电话又响了。"秀悟向着小丑的方向举起了手机。

"别接。"

小丑倍感无聊地说着，再度向窗外看出去。

确认了小丑的动作后，秀悟缓缓从折叠椅上站了起来。紧挨他坐着的爱美脸上显露出惊讶的表情。

秀悟竖起食指抵住嘴唇，示意正要开口的爱美不要说话。随后他低头看向手中还在难缠地响着铃的手机。

倘若自己的猜测准确,这样做就能大大推动事态前进一步。但如果自己弄错了的话……

秀悟感到心中一阵激烈的矛盾纠缠。他紧咬牙关,最终下定决心,将手机举到了耳边。

"喂?是角仓先生吗?我是速水。接下来向您传达犯人的要求。"

秀悟语速极快地说着,同时不停向透析室深处后退。坐在椅子上的三名人质都惊讶地睁大双眼看向秀悟。

"请准备些食物送到后门。什么吃的都可以,要尽快。欸?您说以防万一,已经准备好了?嗯,可以的。"

"你在干什么?"

小丑注意到了秀悟的举动,高声怒吼。可是秀悟依然一边后退一边继续道:

"请警方把食物放到门前然后退下,由我们拿进来。当然了,警察不可以进入院内,也不可以帮助来拿食物的人质。否则犯人就要把剩下的人质杀掉。这些就是犯人要我转达的内容。"

"你在擅自说些什么!快挂断!马上给我把电话

挂了!"

小丑大叫着,手枪对准相距十米开外的秀悟。食指扣在了扳机上。

"那就拜托您了,如果犯人还有其他要求,我会再转达给您的。"

秀悟快速说完这句话,随后手握手机,高高举起了双手。

"你……究竟想干什么?"

小丑双目血红地瞪着秀悟。

"你不是也听到了吗?我让他们拿点吃的。警察说他们事先准备了的,会马上拿到后门外。真是贴心呢。"

秀悟语气轻松地说着,露出一个微笑。其实他的内心和这番表现完全相反,他感觉心脏在狂跳,后背不断淌着冷汗。

这个男人应该不会在这儿开枪,肯定不会的……

秀悟简直产生了某种错觉,他感觉那笔直对准自己的、黑漆漆的枪口简直要将他吸进去了。他拼命地压抑着不断上涌的恐惧感。

"谁让你说这些了!我明明告诉过你不要接电话!"

"你这一个小时里什么都没做，所以我才顶替你提出要求的。你不也是从昨晚到现在什么都没吃吗？肯定饿了吧。反正我是饿了，我又不知道这种状态还要持续多久，至少得让人吃饭吧，不然会饿晕的。"

秀悟尖着嗓子喋喋不休。

"多管闲事！都怪你！把我的计划全打乱了！"

小丑大步靠近秀悟，两个人之间的距离仅剩两米。

"干吗那么生气啊？你肯定是太饿了所以才那么暴躁的。总之先请院长和东野去拿一下食物好了。他们俩肯定不会扔下医院里的病人逃跑的。"

"闭嘴！你竟然敢命令我！还在这里胡作非为！"

小丑举起枪，唾沫横飞地高声咒骂着。于是，秀悟突然把手里的手机递到他眼前，小丑的身体不禁抖了一下。见他那扣着扳机的食指稍稍用了些力，秀悟紧紧咬住了牙。

"那你自己来吧。"

他从牙缝里挤出这么一句话。

"欸？"

秀悟将这句出其不意的话说出口，小丑愣住了。

"要是这么不满意就别把手机给我，你自己跟警

237

察沟通去好了！你明明就是一个只能依靠我当传话人，甚至都不敢跟警方直接对话的胆小鬼，有什么好虚张声势的！反正我是不想再等下去了！"

秀悟的声音震得整个房间的空气都在发抖。坐在他们十米开外的田所、东野、爱美三个人都屏着气息，静待事态发展。

小丑没有说话，他眼神锐利地低下头看着秀悟递出来的那部手机。整个房间里的气氛都凝固了。

"你要怎么选？这手机，你是拿还是不拿？"

秀悟态度一转变得冷静，依然保持着将手机递向小丑的姿势。

数秒的沉默，小丑一把抢过手机，塞进了自己的牛仔裤口袋里，瞄准秀悟额头的手枪也放了下来。秀悟手撑膝盖，深出了口气。

"喂，院长！"

小丑扭过头，百无聊赖一般地开口道：

"带着你边上那个护士，去后门拿吃的去。"

"欸？"

田所难以置信地不停眨眼。

"我确实是饿了。对了，你可别想趁乱逃掉哦。你要是敢跑，我就杀几个你的病人。呵，不过你是院长，院长是不会把病人扔下自己跑掉的是吧。"

小丑隔着面具搔了搔脑袋，见田所他们磨磨蹭蹭地不动弹，小丑一声大吼：

"赶快去！"

田所和东野吓得一激灵，立刻站起身，向着房间深处的电梯跑去。

他们两人和秀悟擦肩而过的瞬间，秀悟给田所递了一个眼神。田所看见了，他脸上显出一秒的讶异，但那双浮肿的眼睛立刻又恍然一般大睁，并回以秀悟一个小小的颔首。

接下来，真正的好戏即将上演。看着田所和东野的背影消失在电梯里，秀悟握紧了拳头。

2

脚好痛,每踏出一步,几个小时前被子弹擦伤的右脚就会产生一阵近乎麻痹的痛感。可是,眼下不是在意这些的时候。

乘坐电梯下到一楼的田所,忍着疼痛迈步向前。

"那个……院长……"

"别废话,跟着我!"

田所对跟在自己背后,试图说些什么的东野怒吼一声,随即站在了铁门前——那扇分隔接待处和手术室所在走廊的门。

田所伸出双手抵着门,尽全力推动它。拼命踩住地面的右脚像被烈火烧灼一般疼痛,但他依旧无动于衷般用力推门。门被推开一条缝,他奋力将自己肚皮突出的身子挤了进去。

走廊那扇隐藏起来的门敞开着，门后的电梯暴露在他们眼前。田所拖着伤脚，推上了那扇隐藏着的门。

速水的推理没错，这台电梯就是用来运送那些接受"秘密手术"的病人的。接受移植手术的人会通过这台电梯，神不知鬼不觉地往来于特别病房和手术室之间。也正是这台连接了一楼和五楼的电梯，促使田所想到了"秘密手术"这个点子。

这家医院原本是一家精神病院。当年田所买下它的时候，这台隐藏电梯就已经存在了。医院改装前，五楼本来是提供给重症病患使用的隔离病房。当正常的医疗处理已经无法控制病情时，院方就会在这层楼对患者进行电击治疗。因为不想让其他病人看到电击治疗的现场，所以才会用这台电梯将病人运到五楼。

田所几乎要把嘴唇咬出血来。一切的开始，都源自美国那家大型证券公司的破产。自那之后，全世界的经济开始大幅衰退。田所之前一直在做些有投机性质的投资，结果损失惨重，背上了大额借债。走投无路之下，田所绞尽脑汁想到的办法，就是去做"秘密手术"。

他医院那些接受透析的外来患者之中,有一名男患者是一家大型IT企业的创始人兼社长。他因糖尿病肾病导致肾衰竭,已经接受了五年以上的透析治疗。这个人平时最爱挂在嘴边的一席话就是:

"为什么我有再多钱都找不来一颗肾?如果能让我摆脱透析的痛苦,要我出多少钱我都甘愿。"

有一天,田所将那位刚刚做完透析的男性喊来院长办公室,战战兢兢地对他说:

"如果我能给你弄到肾,你愿意给我多少钱?"

田所提出的计划"还只是个假设",可那个男人听罢几乎没问任何问题,直接通过医疗法人捐给他一大笔钱。这笔钱足够田所给二十多年没用过的电梯翻新,按移植手术的标准改造手术室,再在五楼准备一间秘密病房了。

东野几年前离了婚,正在为孩子上学的费用苦恼。佐佐木成了当时男友的连带责任人,男友跑了之后她背上了大额负债。田所拉着这两名急需用钱的员工入伙,做了自己的共犯。一切准备妥当后,田所从昏睡数年的住院患者里摘取出一颗合适的肾脏,移植给了出钱资助他的那个男人。

移植手术比想象中还要成功，男人终于从痛苦的透析生活中解放了。他给了田所一大笔钱，足够他填平自己之前的所有欠款。

如果干完那一票就收手的话……悔恨煎熬着他。

如果当时及时收手，自己就不必背负现在这么高的风险了。可是，这种轻而易举就能拿到大笔金钱的成功体验，实在令人欲罢不能。而且，最初接受手术的那个男人，又开始给田所介绍其他和自己有相同遭遇的病人。

田所他们几人一边惧怕着自己的所作所为有一天突然遭曝光，一边反反复复地进行着这种"秘密手术"，并持续了四年。手术做得越多就越习惯，不知何时起，那种罪恶感也逐渐被冲淡了。反正那些提供脏器的患者也几乎不可能再回归社会了，自己是在帮他们有效利用内脏啊——田所反反复复用这诡辩给自己洗脑，渐渐地，他自己竟也相信了。

田所恨恨地咬着后槽牙。下个月佐佐木就要离职去结婚了。所以他们本来准备做完这最后一场手术就金盆洗手。可偏偏在这个节骨眼上……

田所打开摆在走廊上的一只纸箱子，急吼吼地把里面胡乱堆积的点滴袋扒拉出去。

"院长……您这是在干什么？"

东野站在他旁边，不安地问道。田所不理会她，手上的动作一直没停。

"那个，我们不是应该赶快去后门搬运食物吗……"

"吵什么吵！闭嘴！"

田所对东野怒吼道，正在这时，他的手指摸到了某种硬物。

找到了！田所双手伸进成堆的点滴袋里，把被无数点滴袋埋没的那个东西拽了出来。那是一册A4大小的活页本。

就是它，得把它处理掉。田所一把将活页本抱进怀里。

这东西本来是藏在院长办公室的保险柜里的。可当他看到院长办公室被翻乱，就猜测是有人知道了活页本的事，所以才跑来搜查这里。于是田所就将这个本子藏进了五楼备用品仓库的角落里。几个小时前，东野见佐佐木被杀，陷入恐慌状态，闹着要"用手术室的电话报警"。为以防万一，田所又坐电梯去手术室剪断了电话线，顺便将这本子从备用品仓库带下一楼，藏在了这个纸箱子里。因为小丑一直在监视一楼，所以此处反而成了他的盲点。田所认为，藏在这里被找到的可能性才最小。

"那是……什么啊？"东野战战兢兢地问。

"移植患者的资料。"

田所看也不看东野一眼地回答。这活页本中，收录着迄今为止所有"秘密手术"接受者的信息。

"怎么会有这种东西……"

他瞟了一眼哑口无言的东野，快步返回走廊。谁都不知道这个活页本的存在，就连"共犯"东野和佐佐木也不知道。

毕竟金额不菲，所以至今接受过"秘密手术"的患者们几乎都是有头有脸的大人物或他们的家人。接受非法手术这种事，他们应该是最怕曝光的。所以田所平日里一向提心吊胆，生怕哪个患者想要永远堵上自己的嘴。实际上，他也的确遭受过"敢让秘密暴露就要你性命"一类的威胁。

这活页本是他用来保护自己的。一旦自己莫名身亡，本子上的内容就会随之曝光。田所有意让那些威胁自己的人注意到了这一手打算，这样他们就不敢轻易出手了。

不过，这活页本也是一把双刃剑。一旦把它公之于众，自己遭受的伤害会远超接受手术的患者。从丧失意识、身份不明的患者身上取走脏器，移植给有钱人。一旦这种勾当被世人察觉，自己将会遭受何等惩罚？他简直想都不敢想。

也正因如此，田所一直极度谨慎地保管着这个本子。结果这谨慎却导致他麻烦不断。早知如此，就应该提前把这本子处理掉才对。

万一警方冲进这家医院，并且发现了这个活页本该怎么办……

自从那小丑封锁这家医院，田所就一直在忧心这件事。万一五楼的病房被发现，他倒还能想办法解释，可是一旦这活页本暴露，那可就百口莫辩了。自己会被当成犯罪者遭受逮捕，搞不好还有人会为了封他的口直接杀了他。所以，必须想尽办法阻止警方插手。为此，他这几个小时可以说是使出了浑身解数，没想到……

是谁？究竟是谁报的警！

想到这儿，田所猛然清醒，狠狠甩了甩头。

现在不是想这些的时候，这家医院已经被警察包围了，得马上把这个本子处理掉。

下楼前，速水明显给自己使了个眼色。那个男人一定也察觉到了这个本子的存在，所以才为自己创造了毁掉本子的时间。

"东野，接待处有碎纸机。趁警方还没察觉，赶快把它处理掉！"

田所一边语速极快地说着，一边回到了走廊上。

"好，好的！"

东野似乎终于意识到了事情的严重性，她晃动着肥胖的身体跑了起来。

这样总算能放心了。他松了口气，推开门走出去。

可当他看到眼前的一切，那活页本便从他怀中滑落了下去。

"哟，院长，吃的拿来了吗？"

小丑乐呵呵地说。他就坐在几米开外的沙发上，手中的手枪正对着田所。

"为，为什么……"

田所惊得哑口无言。小丑缓缓站起身，竖起拇指向自己背后指了指。

他身后站着的，是秀悟和爱美。

"多亏了那个年轻医生哦。"

"速水……医生？你究竟做了什么……"

247

田所半张着嘴,嗫嚅道。

"好啦,你先把那个活页本捡起来啊。它不是很重要的东西吗?相当,相当重要对吧?"

说到这儿,小丑呵呵呵地闷声大笑起来。田所慌里慌张地跌坐到地上,一把抱起活页本,惊慌失措地抬头看向小丑。

"好了,接下来的话我们回二楼讲吧。待在这儿可不晓得警察什么时候就冲进来了,你也不希望警方现在进来吧?"

小丑用枪指着田所和东野,把他们赶到楼梯方向,两个人僵着脸走近了秀悟他们。

"速,速水医生……这究竟,怎么回事!"

田所气喘吁吁地质问道。可是秀悟并没有回答他的问题,而是催促了爱美一句"走吧",随后就上了楼梯。

四名人质回到二楼,走到了透析室的中心区域。小丑则迟了一步跟在他们身后。

"速水医生,究竟怎么回事!那个男人为什么会出现在一楼?"

田所压低声音再度质问道。可秀悟却连看都不看田所一眼。见他如此态度,田所终于忍不住提高嗓门：

"你为什么不说话！为什么，为什么要这么做！"

"你被骗了。"

小丑代替秀悟回答道。

"我被……骗了？"

田所仿佛头一回听到这个词，磕磕巴巴地重复道。

"是啊，你被这个年轻的医生骗了。"

"什……什么意思？"

田所眼神慌乱地反复看着秀悟和小丑的脸。秀悟拉着爱美从田所旁边走远了几步，开口道：

"究竟是谁报的警？我一直想不明白这个问题……"

"你，你在说什么？"

田所声音沙哑地问道。秀悟没理会他，缓缓讲道：

"院长拼命阻挠我们报警，所以应该不是你。东野她没有报警的方法。我和爱美尝试报警，但也失败了。所以能报警的就只剩一个人了……"

"一个人？就是这个人把警察喊来的？"

田所的声音加了力道，语气透露出对那个报警并把自己逼到绝境的人的满腔怒火。

"没错。就是那个人。他用信号干扰装置让我们打不通电话,还剪断电话线让我们无法报警。最后,他选择了一个最有利于自己的时间,关上信号干扰装置,又用自己的手机喊来了警察。"

"究竟是谁!是谁干的好事!"

"你竟然还想不到吗?"

面对大喊大叫的田所,秀悟缓缓伸手指向那个人。那个在面具下挑衅般歪斜着嘴唇的小丑。

"就是他啊,是他报的警。"

秀悟淡淡地说,田所大张着嘴看着小丑。

"是那个男人?为什么?一旦警察来了就会逮捕他啊!而且,他自己说的报警就杀人……"

田所结结巴巴地嘀咕着。

"是啊,的确是这样没错。但是,能报警的人非他莫属。如果是他报的警,各色谜团也就都能一股脑儿解开了。"

"谜团?"

田所那一双失焦的眼睛又看向了秀悟。

"没错,谜团。一开始我就觉得这男人的行为很奇怪。他抢劫逃跑途中故意绑架爱美,而且有意不盯紧我们,自己还在医院内转悠。从院长那儿拿到一大笔钱他也不高兴，甚至勃然大怒。所以事实正如我之前提到的那样，这个男人的目的本来就不是金钱。"

"如果目的不是钱，那一开始为什么要抢劫便利店啊！"

田所看上去几乎要断气了一般，勉强吐出这个疑问。秀悟则故意停顿了一拍，直视田所的眼睛，开口道：

"他的目的，是让全日本都知道这家医院的秘密。"

"全，全日本……"

田所从嗓子发出好似哨音一般的声响。秀悟没理会他，继续道：

"没错，这个男人一开始就是为了曝光这家医院的秘密而展开的行动。所以他才没有把我们放在眼皮底下监视，而是自己在院内自由搜索。之后他还把三楼的'新宿11'的手术伤痕剪开，并且在病历本里塞了一张被取走脏器的患者名称一览，让我也加入这场探秘。这方法实在高明。封锁医院的绑架犯直接开口说明，我可能也不见得会相信他。所以他就用那种方式激发了我的探索欲，这样一来他自己也不必去调查了。而我，便成了被他操纵的人。"

秀悟苦笑着耸耸肩，小丑两边的嘴角都翘了上去。

"那，那我们……"

田所气若游丝地问。

"没错，我们一直被这个男人玩弄于股掌之中。那家伙自己搜查着这家医院，与此同时，又操纵着我去调查，甚至还让你们也自由行动。他一整晚都在寻找某样东西，可一直到早上都没找到，于是就使出了绝招：报警，让警方包围医院。"

"为，为什么这么做？警察一来，他不就要被逮捕了吗？那他为什么……"

说到这儿，田所脸上浮起一个讥讽的笑，伸手指着小丑。

"他根本没想逃。从一开始他就是抱着被捕的决心来到这儿的。"

听到秀悟这句话，田所和东野的脸都惊愕得扭曲了。站在秀悟身旁的爱美那一双抹了眼影的大眼睛也睁得更大了。

"这男人在便利店开了枪对吧？可我听说出于安全考虑，最近的便利店都会指导员工一旦遇到强盗就乖乖把钱交出去。可是他却故意开枪,你们猜他为什么要这样做?"

"他为什么……"

田所支吾道。

"为了引起大众的注意。他中途绑架爱美的目的也是这个。强盗开枪并绑架女性逃离,这一番举动必然会引发全日本的关注。他是故意制造出这种情况的。事实上,现在几乎所有的电视台都在报道这家医院。再过一会儿,这儿会聚集更多的媒体,也会有更多人早上起来收看电视节目。他准备挑这个时候投降,再坦白一切。这就是我的推测。"

秀悟说罢,看向一直不作声,乐呵呵地看着他解释的小丑。小丑则摆出一副好似在表演一样的姿态,大大张开双臂道:

"说得漂亮!医生。我打心眼儿里感谢你。多亏有你,才终于找到了让我费力寻找的东西。"

"费力寻找的东西……"

田所咕哝道,他脸上的肉耷拉了下去。短短几分钟内,他仿佛一口气老了十岁。

"哼,没错。我要找的就是你小心翼翼抱在怀里的东西。"

小丑瞪着田所。

"我一直在找这个东西。从走进这家医院就开始找。我吸引了那么多人的注意，如果在众目睽睽之下把这家医院干的那些勾当全部曝光的话，你们肯定会彻底完蛋的。不过，光是让你们完蛋还不行，那些接受手术的家伙也该和你们一起下地狱。不然多不公平！是吧？我没说错吧？所以我一直在寻找的，就是接受手术的患者名单啊。"

小丑语气亢奋，喋喋不休。田所的那张脸眼看着一点点没了血色。

"我相信你一定会留着这个东西。你是个谨慎的家伙，为了防止遭人灭口，你手上一定有一份名单。可是我找了那么久都找不到，就这么一直找到了天亮。没办法，我只好报了警，想着后头的事情就交给警察去办好了。结果就在这时，我的救兵来了。就是这个医生。"

小丑冲秀悟抬了抬下巴。

"速水医生……"

田所低声道，他盯着秀悟，满脸松弛的肉几乎一动没动。

"我一直怀疑他可能是在寻找些什么。这东西应该和'秘密手术'有关,而你异常害怕这个东西被人发现。猜到这一步,其实就不难想象了。它应该是一本和秘密手术有关的记录。"

秀悟咽咽口水,润润干燥的口腔,继续道:

"你一定是把它藏在了院长办公室的保险柜里。可是,你从保险柜掏钱的时候,我没看到里面有那个东西。如果你把它转移了,那我猜你应该会藏在五楼或一楼的手术室周边。所以,我就演了一场戏,和他进行了一番谈判。"

"谈判?你们什么时候谈判的?你根本没和那个男人单独说过话……"

"因为我们并没说话。"

小丑打断了田所的疑问。

"欸?"

田所愣愣地问道,呆望着小丑。

"刚才我靠近他的时候,他把这个东西递到了我眼前。"

小丑从牛仔裤里掏出非合约机,举向田所。看到眼前的这部手机,田所顿时惊掉了下巴。

【我会把你在找的东西拿给你 但你要听我的 答

应我不要伤害任何人】

手机背面用马克笔写着这样一句话。

"顺带一提,我刚才并没有和警察通话。我是专门等到铃声停下,才摆出了接电话的动作。"

"那,那就是说……"

田所逐渐说不下去了。

"没错,你们被我和那个年轻的医生骗得团团转哦。"

小丑说罢高声笑了起来,田所则眼神空洞地看向秀悟。

"为什么……你为什么要这么做?你不是说了要当共犯,你说只要给你钱你就会保持沉默……你明明说过的,为什么还要做这种蠢事……"

秀悟冷冰冰地看着田所。

"蠢事?真正的蠢货明明是你们!抢走那些无依无靠的病人的内脏,移植给有钱人!你们做出这种勾当,我怎么可能会认同!你真以为我会帮你们逃脱罪责吗?"

"你说什么?可是你刚才为什么……"

"只是因为那样说比较安全而已。如果当时我拒绝帮你们，你说不定会灭我们的口。所以我才假装要做共犯的。"

"怎么会……太过分了，你太过分了！"

田所满口怨怼，秀悟却狠狠地瞪视着他。田所在秀悟的眼神威压之下忍不住后退了一步。

"过分？究竟是谁过分！你取走了自己病人的内脏！你从你本该保护的人身上，偷走了他们的内脏啊！你根本不是医生！你就是个罪犯！"

秀悟的怒吼毫不留情地一声声劈在田所身上。田所像个被打坏了下巴的拳击手一样当场崩溃，跪在了地上。

"好了，都解释清楚了。你该把这个本子交出来了。"

小丑缓缓走近田所。

"秀悟先生。"

站在秀悟身边的爱美小声道。秀悟微笑着转向爱美：

"嗯？"

"对不起。我真的以为你成了院长的共犯……"

爱美垂着眼帘。

"别在意啦。因为我当时没法解释，所以你会那么想也正常啊。"

"可是，秀悟先生明明在考虑着我的安危，可我却……对你态度那么差……"

爱美的声音轻如蚊蚋。秀悟摸了摸她的头，手掌触碰到了她乌黑柔顺的长发。

他看到爱美脸上露出一个泫然欲泣，但又像在微笑的表情。

然后，她伸出自己的手，覆在了抚摸自己头顶的秀悟手上。

"这样总算结束了吧？我们应该已经安全了对不对？"

"是啊，应该是的。"

秀悟看向小丑。

这起事件至此应该算是告一段落了。接下来，小丑拿到那个活页本，再把它公布给警方和媒体，一切就会尘埃落定。对，应该会这样……

可不知为何，秀悟心中始终盘旋着的不安并未消失，反而越发膨胀起来。

小丑已经站在了跪在地上的田所面前。

"我，我们做一笔交易吧！"

"交易?"

小丑狐疑地眯起了眼。

"没,没错!你肯定是受谁的委托来到这儿的吧?就是之前接受了移植手术的某个人,为了消除证据所以雇你来的,对吧?那我可以出到你佣金的两倍,不……三倍!所以求你放过我吧!你考虑考虑吧!我给的条件不错的啊!"

田所的脸上堆满讨好的表情,抬眼仰望着小丑。

不要再说了!

秀悟的表情僵住了。如果真的以金钱为目的,这个男人根本不必如此"舍生取义"。他也无须将"秘密手术"的真相曝光给世人。

可是,小丑在秀悟插嘴阻挠前就给出了反应。之前一直枪口朝下的手枪这一次直指田所,小丑的手指也再次扣在了扳机上。

"钱?你觉得我做这些是为了钱?"

小丑发出的怒吼仿佛来自地底的轰鸣。他那双眼睛因愤怒而充血,嘴唇上卷,夸张地露着牙齿。田所和东野吓得脸色大变。

"你以为我是为了钱才做这种事的?是吗?啊?回答我!"

小丑越说越激动，他扣着扳机的食指开始用力。

爱美尖叫了一声"不要！"捂住了眼睛。

"复仇！"

秀悟丹田发力，高声喊出这个词。

"你说什么？"

小丑松开了扳机，瞪视着秀悟。

"是为了复仇。你是为了复仇才做了这些事的。因为某个对你来说非常重要的人，成了这种秘密手术的牺牲品，对吧！"

"没错……"

小丑阴郁地开口道：

"这些人把我珍爱的人切开了，他们觉得她已失去意识，就胡作非为，剖开了她的肚子，取走了她的内脏……一开始我根本不敢相信，我不信真的会发生这种事。可是在调查的过程中，我逐渐发现了他们在这家医院做的那些勾当……我绝不饶恕！"

"那个人，是你的家人吗？还是……"

"我的恋人……"

小丑勉强从嗓子眼里挤出这句话。

"她是你的珍爱之人啊。"

听到秀悟这句话，小丑缓缓点了点头。

"没错。为了她我什么都愿意去做，付出生命我也在所不惜。"

"那你就拿着那个活页本去自首吧。去把这家医院的秘密曝光给警方和媒体吧。这不就是你一开始的目的吗？如果你在这儿杀了院长，那你就只会沦为一个杀人犯。我想，你珍爱的那个人，也不愿意见你沦落到这种地步的。"

秀悟拼命说出一大串仿佛在舞台上才会说出的词句。

虽然他的目的是想让大众关注这家医院，可再怎么说，这个男人都打了爱美一枪，还绑架了她。他还时常行为冲动，甚至在封锁期间试图对爱美不轨，可见他的自控力有多差。秀悟无法预测这个小丑接下来还会采取怎样的行动。

只见小丑握着手枪的那只胳膊开始颤抖起来。房间里所有人都不作声了，只有时间一点一滴地流逝。

"求你了……快停手吧。"

爱美自言自语一般低喃，她的声音搅动起房间里沉重的空气。下一个瞬间，小丑放下了举枪的胳膊。

"把活页本给我。"

小丑低头看着田所，平静地说。秀悟仰面看向天花板，闭上了眼。

结束了。这样一来，这噩梦般的一夜，才总算是结束了。

秀悟的心中充满前所未有的成就感和解脱感。他睁开了眼，对站在身边的爱美露出一个微笑。爱美也眼眶湿润着，回报他以微笑。

"快！赶紧给我！"

小丑对着好似断线木偶一样瘫坐在地的田所伸出手。于是，田所抬起了脸。

看到他那张脸的瞬间，秀悟感觉浑身的鸡皮疙瘩都起来了。

即便距离很远，他依然捕捉到了田所抬头望向小丑的眼神。那眼神之中不存在任何一丝人的情感，他的那双眼睛，就好似眼窝里塞着两颗玻璃球。

田所把手伸进了衣服口袋，随后十分流畅地将从中掏出的东西刺向小丑的右臂。

"欸？"

小丑微张开嘴，发出很轻的一声疑问，随后他低头看向右臂。

那上面深深地插进了一把手术刀……

紧接着，田所一把抓住那手术刀，粗鲁地一拔，然后没有分毫犹豫，再度将手术刀插中小丑的右臂。这一次，他用尽力气抓着手术刀向下划，被打磨得极度锋利的刀刃，十分简单地划开了小丑手臂的皮肤、肌肉、血管，以及神经……

"呃啊啊啊啊啊！！！！"

惨叫声震动了整个房间，手枪从小丑的手中跌落。

小丑痛苦地呻吟着，原地蹲了下来。从他那紧捂着伤口的指缝之间，不断涌出深红色的血液。这一次，换成田所缓缓站起身垂眼睥睨着小丑了。他伸手，拿起了小丑掉在地上的枪。

一切发生得太过突然，也太出乎意料，秀悟当场愣住了，一动都不能动。

"开什么玩笑。"

田所的脸上失去了一切感情，仿佛戴上了一张能乐[1]面具。

"开什么玩笑，我拼死保护着这家医院，努力了

---

[1] 一种日本传统艺术形式，意为"有情节的艺能"，包括"能"与"狂言"两项。能乐面具为演员演出时佩戴的面具，其随角色而有所不同，但通常为木雕制成，刷有白漆，呈现出白面、细目、红唇的样貌。

二十多年。我竭尽全力地维护医院里的这些医护人员，坚持治疗患者，我的这些辛苦，你怎么可能体会得到？"

田所说话时的语气没有丝毫抑扬顿挫，好似机器人。秀悟感觉自己全身都在冒着冷汗。就连之前小丑激动地乱挥手枪时，他都没有像此时这般恐惧。

小丑仍旧抱着胳膊在呻吟。田所动作随意地将手里的枪对准小丑的发旋附近，手指扣住了扳机。

"院长！你冷静一下！做这种事没有任何意义的！"

秀悟慌忙大叫道。他看出田所现在并不是在威胁小丑，他是真的动了杀心。所以，他喊出这句话时声音都在颤抖。

"为什么？"

田所并没准备放下手里的枪，他似乎是发自内心地对秀悟的这句话感到疑惑。田所用不含一丝温度的冰冷眼神看向秀悟，秀悟顿时产生一种被大型爬虫类瞪视着的感觉。

"为什么……你的所作所为，这里的所有人都已经知道了，你就算杀了他，你也已经暴露了啊。"

"那我就把这儿的所有人都杀了，不就行了？"

田所轻轻松松地说出了这句话。

"所有人……"

秀悟简直不敢相信自己的耳朵,他觉得自己的舌头已经打结了。

"是啊。我先杀了这个男人,再把你和那个女人杀了,最后把东野杀了。再加上佐佐木已经死了,这样一来,知道这个秘密的所有人不就都消失了吗?"

"为,为什么连我也要杀掉!"

之前一直僵成一具石雕般的东野大叫道。

"因为东野你呀,也有可能背叛我,不是吗?以防万一,我当然要杀了你。"

东野发出一声短促的悲鸣,当场转身准备逃跑。然而,极度的恐惧令她双脚无法动弹,只见她那满身肥肉的身体直接向前摔倒在了地上。整个房间随之发出一声重重的巨响。

"不行哦东野,怎么能逃跑呢?我刚才差点就开枪了。"

田所俯视着东野。东野倒在地上,浑身都控制不住地哆嗦起来。

"秀悟先生……"

爱美脸色苍白,紧抓着秀悟的衣服。秀悟想对她说声"没事的",可是那句话在说出口前就已经消散得无影无踪。

田所已经彻底疯了。再这么下去,他真的会把在场的所有人都杀掉。

"你一旦开枪,警察就会冲进来!"

秀悟哆嗦着大喊道。田所的脸有些不悦地微微歪斜。

"警察?"

"没错!警方在和我们谈判的同时,肯定也在考虑让特殊部队介入事件了。一旦你开枪,他们一定会马上冲进来的!"

"那我就在他们冲进来之前把所有人都杀了不就好了?"

田所面不改色地说。秀悟感觉自己的双颊在痉挛。

"你手里拿着枪,其他人又都遭枪杀,那不就摆明了你是杀人犯吗?"

"是啊,不要紧的。我会说是这个小丑枪杀了你们,然后我拼死夺枪。在忘我的争抢过程中,枪支击中了小丑。这属于正当防卫,我不会被问罪的。"

"你觉得这种计划真的可行吗?"

秀悟紧咬牙关。

"我管他可不可行，反正也只有这么一个方法了不是吗？而且，还有试试看的价值。"

田所的语气轻松极了，一边说，一边还轻轻耸了耸肩。秀悟放弃了，这个男人已经油盐不进了。

怎么办？该怎么做才好？秀悟拼命催着大脑转起来。

要不要在开枪之前找出对方破绽，飞扑过去夺走他的枪？可是，他和田所之间相距数米，飞扑之前就很有可能被他察觉。

有没有办法啊？什么办法都行！秀悟低着头奋力思索。就在这时，他的视野一隅出现了一个东西。秀悟睁大眼看向那个东西，随后，他的视线又转向天花板。头脑中突然回放起几小时前田所说过的话。

这一招或许能成。可是，一旦失败……

内心的纠结令他十分煎熬。这时，秀悟猛然看向站在自己身边的爱美。两个人的视线碰触到了一起。

爱美依然用那种含泪欲滴的表情望着秀悟。

啊，对啊！想到这儿，秀悟下定了决心。没必要在乎自己是否会中枪，因为只要执行这个计划，爱美获救的可能性就会大幅提高。

秀悟不断反刍着这一晚的经历。他一直想着保护她,可是,从某种意义上讲,其实秀悟自己才是被保护的那一方。

如果不是爱美,这家医院的"秘密"就不会被曝光,小丑的真正目的也不会被察觉,甚至在此之前,他可能早就在这种极限状态下失去了理智。这短短几个小时里,多亏有爱美在,秀悟才能保全自我。

她何其不幸被卷入这起事件之中,所以无论如何,秀悟都要保护好她。

"听我说。"

秀悟用田所听不到的声音呼唤爱美,爱美那一双细长清秀的眼睛看向秀悟。

"记住楼梯的位置,我一给信号,你就拼全力向楼梯方向跑。"

"欸?什么意思?"

爱美压低声音反问。

"别问,按我说的做。不要回头,就沿着楼梯跑下楼,去向警方求助!"

"那秀悟先生你呢?"

爱美的声音颤抖着。

"我没事。别担心。听好,你什么都不要想,只管去逃,这样……大家一定都能获救的……"

"真的吗?"

爱美看向他的眼神之中已满是不安。秀悟用力点了点头,小心不让爱美注意到他心中的慌乱。

"真的。"

"我们,马上就能再见的,对吗?"

"嗯。"

秀悟点点头。爱美咬紧了嘴唇,强忍哽咽,也对他点了点头。

秀悟最后对她露出一个微笑,随后将视线转回到了田所身上。他成功说服了爱美,接下来只需践行计划即可。秀悟小心避开田所的注意,偷偷将手伸进白衣口袋。

田所仿佛在玩弄小丑,用手中的枪轻戳对方那戴了面具的脑袋。

"你先把这闹着玩儿似的面具拿下来吧。我想看看干出这种蠢事的男人究竟长了一张什么样的脸。"

小丑依然紧抓着不停溢出鲜血的手臂,仰头看向田所。

"快点摘了,还是说,你想就这么戴着面具去死?"

田所的声音依然听不出任何抑扬顿挫，小丑的身体在微微颤抖。

"不摘我现在就崩了你。"

田所语气不带怒意，只是相当平淡地催促道。小丑的左手犹犹豫豫地放在了面具下方脖颈的位置，随后，将这副包住整个头部的塑胶面具缓缓地剥了下来。

小丑的短发露出面具之外，秀悟站在小丑后背的位置，看不到他的脸。

"什么？……是，是你？！"

看清小丑模样的田所惊愕地睁大了眼。瘫坐在地的东野也大张开嘴，凝视着眼前的男人。

就是现在！

秀悟猛地一脚踢倒了身旁的石油暖炉。炉子发出一声轰鸣，横躺在地上，灯油撒了一地。田所惊得身体猛地一震，抬起头看向秀悟。

"你在干什么！"

田所的怒吼响彻整个房间。秀悟从兜里掏出了Zippo打火机，打开盖子燃起火苗。田所吃惊地睁大了双目。

"快躲开！"

秀悟推了呆站在自己旁边的爱美肩膀一把，对着灯油扔出了手中的打火机。

爱美失去平衡，向后趔趄了两三步，与此同时，秀悟眼前猛地蹿起一道火柱。火焰发出的热气迎面扑来，几乎烧到了皮肤。

"你要干什么！究竟在开什么玩笑！"

田所大喊着将手枪对准秀悟。

快！快点反应啊！秀悟抬头看向天花板，在心中反复大喊着。

燃烧的火柱顶端马上就要碰到天花板了，就是装有火灾报警装置的那个天花板！

正当田所准备扣动扳机之时，一阵刺耳的警铃声响起，撼动了整个房间的空气。

"来了！"

秀悟忍不住高声喝彩。与此同时，从天花板的位置喷射出大量白色粉末。那就是田所之前提到的粉末灭火装置。

眼前的一切都被浓雾一般的粉尘所笼罩，几乎看不到任何东西。燃起的火柱也瞬间失去活力，被粉尘压熄。

"爱美！跑！"

秀悟用尽全身力气向着爱美的方向嘶吼,与此同时,他也跑了起来。他眯着眼,在几乎什么都看不到的一片白色世界里,向着田所的方向飞奔了过去。

他依稀看到了田所模糊的轮廓。天花板喷射出来的大量粉末开始下沉,空气中粉尘的浓度逐渐下降,秀悟没有放慢速度,直接用肩膀向着田所的身体撞去。

他的肩深深陷进田所的肚子里,田所脚上中过枪,站得不稳,轻而易举就被秀悟撞飞了。两个人一同摔到了地上。手枪飞离了田所的手,掉在盖满粉末的地板上滑了出去。

秀悟拼命追着滑走的手枪向前爬,只要拿到它就可以解决一切,这起事件就不会再出现新的死者了。

下一个瞬间,秀悟的身体突然发出一阵猛烈的痉挛。

他不知道发生了什么。只能看到眼前火花飞溅,自己的身体一阵剧烈地颤抖,然后就一动都不能动了。那身体仿佛根本不属于自己,连一根手指都无法动弹。秀悟脸朝下跌向地面,那股冲击猛地将落在地面的粉末都喷上了天。

秀悟的脸颊能感受到冰冷地面的触感,他的意识彻底陷入了混乱。

究竟发生了什么……

剧烈的爆炸声敲击着耳膜,是那种好似车子爆胎一样的声音。

他立刻明白了这是什么声音。

有人开枪了。这个人捡起枪,扣动了扳机。

究竟是谁开的枪?秀悟拼命想看向发出枪声的位置。可是,他的身体却根本不听使唤。

一声高亢的惨叫,然后是第二声枪响。

爱美!爱美有没有顺利逃走?秀悟此时只想知道这件事。就算下一枪的目标是自己也没关系,只要,只要爱美能获救……

正当秀悟在心中暗暗祈祷之时,第三声枪响撼动了整个房间。

然后,便是彻底的沉默。

结束了……吗?自己没有被杀死?

秀悟竖起耳朵,等待着接下来可能发生的事。

突然,玻璃碎裂声响起。距离趴在地上的秀悟一米开外的位置,某个拳头大的黑色金属圆柱体滚了过来。

下一秒,秀悟的视野和意识便双双被一片雪白吞没。

"……到吗?"

从很远的,非常非常远的地方传来一个声音。

秀悟微微抬起眼皮,一道强光刺中他的视网膜,剧烈的头痛随之袭来。秀悟发出很轻的一声呻吟,按住了脑袋。

"能听到吗?"

那声音好似直接在他大脑之中响起一般,秀悟头痛得更厉害了。他皱起眉,轻收下颌微眯双眼环顾四周。

两个男人正低头看着自己。他们身上穿的衣服,自己平日里也时常能见到。那是急救员的制服。

这是哪儿?

秀悟拼命想要弄清现状。

自己当时,正要去抓住滑落地板的手枪……

失去意识前发生的事再度出现在他的脑海中。然后,就是反复响起的枪声。

秀悟猛地坐了起来。头痛得快要裂开了,可他根本顾不上这些。

"哎呀，这可不行，您得躺下……"

急救人员中的一个这样对他说道。他的声音仍然像是钻进秀悟脑壳里面跳动着一般。

"究竟，究竟发生了什么？"

秀悟奋力动弹着打结的舌头，急切地问道。或许是双眼已经适应了明亮，他逐渐能够看清周围的情况了。自己似乎躺在救护车之中，右臂还绑着血压仪和血氧仪。

"因为从院内传出了枪响，所以特殊部队就冲进去了。当时警方使用的闪光弹正好在您身旁爆炸。"

秀悟想起来了，在失去意识前，的确有一个金属制的圆柱体滚到了自己眼前。就是那个东西突然爆炸，令自己丧失了意识？

"闪光弹并无杀伤力，您没有受到任何严重外伤，不过鼓膜可能会有破裂，所以我们接下来要送您去医院。"

"等一下！爱美呢？她还好吗？"

秀悟一边环顾急救车，一边大声问道。车里除了秀悟之外没有看到其他患者。爱美是不是在其他急救车上？

"爱美？爱美是谁？"

"和我一起在二楼做人质的女性。警察闯进来之前，她应该从医院逃出去了才对啊！"

两名急救员顿时面面相觑，随后，其中一人犹犹豫豫地开口道：

"不，在警方冲进去之前，并没有人质逃出来。"

"怎么可能！那，那她应该就在二楼。除我之外的那些二楼人质都在哪儿？都已经被送去医院了吗？"

秀悟好似求助一般对着两名急救员伸出胳膊大叫道。急救员十分明显地躲避着他的视线，两个人的脸上都浮现出十分压抑的表情。

"很可惜，除您以外没有人获救。二楼的所有人，除您之外，全都已经死亡了。"

3

"以上，就是我那一晚的全部经历。"

秀悟说罢，重重叹了口气。因为讲了很久的话，他感觉连舌头都十分疲劳。而且，每次回忆起那一晚的一切，都会给他带来极大的精神负担。

两天前，秀悟被警方从二楼的透析室救了出来，第二天就出院了。他右耳鼓膜破裂，头部有被小丑殴打的伤痕，还有闪光弹造成的轻度烧伤，但都伤得不重，无须长期住院治疗。

他其实做好了心理准备，自己家门口可能会挤满想要采访他的人，但这种情况并未发生。看样子，警方应该没有公布秀悟的身份，至少眼下还没有。

秀悟回家休息了一晚，随后就去成立搜查本部调查此事件的调布警察署接受了警方的讯问。其实住院那天警察就问过他话,但当时秀悟需要接受一连串身体检查,所以没办法腾出太多时间讲述,到今天才算是第一次正式讯问。讯问从上午开始断断续续地进行着,就这么一直持续到了傍晚。

"好的,您讲得很清楚了,谢谢。"

坐在自己对面的那个姓金本的中年警察沉重地点了点头。在秀悟讲述期间,这个金本一句话都没说,一直在默默听他说话。

"从速水医生这儿听到的内容,大部分都和现场状况相吻合。所以您说的应该大抵都发生过。"

"大抵?"

金本这句话似乎另有深意,秀悟忍不住嘲讽地扬起一边的唇角。

唯有一处。秀悟的记忆和现场状况不符的情况,唯有一处。自打前天秀悟听说这件事起,他的内心就一直深陷混乱之中。

"重要的就是那个'不吻合'的部分,对吗?"

秀悟痛心疾首地问道。

"是啊,您说得没错。"

金本露出一个苦笑。

"你们一定觉得是我的记忆出错了对吧？我被那个小丑殴打过，还因为特警部队扔进去的闪光弹而晕厥过去。所以你们觉得是我记忆混乱……"

秀悟双手撑着桌子，身体猛地向金本逼过去。

"速水医生，别激动！您还有伤。"

金本不接自己的招，秀悟忍不住轻声咂嘴。

"不过，说实话，我们这边高层的看法是，的确不用太重视您的证言和案发现场有矛盾这一点。原因呢，一方面是您经历了那么极端的一个晚上，记忆出现混乱的可能性很高，再有就是，通过勘查案发现场，其实也基本推测得出究竟发生了什么。"

"那请你和我详细讲讲，在我无法动弹的时候究竟发生了什么？你们这些警察光是听我一直讲，可具体细节却一点儿都不肯告诉我。我是这起事件的当事人，而且也尽全力协助警方了，我至少有权利了解具体情况吧？"

秀悟依然向前欠着身子如此说道。金本看着他，脸上浮现出一个微笑。随后他轻轻耸耸肩。

"我知道了。"

金本小声说。

"顺带一提，速水医生，之前您听到的是什么样的解释呢?"

"透析室里发现了尸体。而且,除我之外……没有存活下来的人质……"

秀悟咬着嘴唇。

"不,这个说法并不准确。住在三楼、四楼,还有五楼特殊病房里的共计六十五名患者都安然无恙……"

"这我知道,我想说的是……"

"是,我明白您要说什么。刚才是我打断您说话了,不好意思。"

金本轻轻低了一下头以表歉意。紧接着,他抬起眼,由下而上地望着秀悟道:

"医生,您想知道在您用身体撞击田所,手枪飞出去之后,透析室里究竟发生了什么,是吧?"

"没错。当时我准备去捡手枪,结果突然感受到了某种冲击,然后我就动弹不得了……"

秀悟语气生硬地说。他其实很害怕从金本口中听到事实真相。可是,他又不甘心就这么算了。金本抬手搔了搔头发稀疏的脑袋,秀悟看着他,紧张地吞了吞口水。

"嗯,反正马上也要召开记者会了,告诉您也无妨。首先呢，您突然无法动弹，是因为有人对您使用了电棍。"

"电棍？"

这出其不意的词语令秀悟忍不住皱起了眉。

"是的，电棍。SAT[1]冲进来的时候，发现您倒在地上，身旁掉了一个防身用的小型电棍。应该是有人用那个把您电得无法动弹了。"

"电棍？究竟是谁用那种东西……"

"当然是那个小丑男。是他随身携带的。"

"小丑？为什么那么笃定？"

"关于他的事我随后会向您解释的。我们通过现场勘查得出的结论是，小丑男看到您将田所的手枪打飞，于是使用之前藏在身上的电棍阻止了您的下一步行动，并且捡起了手枪。随后，他连续射杀了被您扑倒在地的田所，和失去力气瘫在地上的东野。"

"射杀"这个词从金本口中吐出时，秀悟感觉自己的身体之中猛然蹿过一阵战栗。

"小丑射杀了这两人，目的达成，于是为整起事

1　全称特殊急袭部队（Special Assault Team），隶属于日本警察的特殊反恐部队，负责处理重大持枪犯罪、恐怖袭击、劫持交通工具等高风险事件。

件画上了句号……他对准自己的脑袋射出了一枪。"

金本伸出食指抵着自己的太阳穴，戏谑地说：

"砰！"

秀悟睁圆了眼睛。小丑杀了那两个人，然后自杀了？

"真的是这样没错吗？"

"是的，恐怕就是这样没错了。院长和东野两人都是后脑中枪。这个中枪方式明显是被人'枪决'处刑了。小丑则是右边太阳穴中枪，而且枪伤周围还有烧灼痕迹，应该是枪口紧抵着皮肤打出的一枪。而且这把枪就掉在小丑身边。以上种种都表明了，是小丑先射杀了这两个人，然后再饮弹自尽的。"

金本滔滔不绝道，语气十分冷静。

"哦，对了。说句题外话。一开始我们还讨论过，有没有可能是速水医生枪杀了这三个人。先把三个人打死，再自己给自己一电棍，之类的。但是，从您的手上没测出任何硝烟反应，而且您后背正中位置还有一个被电棍击伤的烧痕。那个位置想自己够到还是很有难度的。所以呢，您的嫌疑已经洗清了，请您放心。"

听完金本的解释，秀悟一时哑口无言。他没想到连自己都曾被视作嫌疑人。不过这么说来,住院的时候,他确实把自己穿过的衣物交给过鉴识人员,而且也让他们检查过自己的身体。

秀悟花了两三分钟的时间,缓缓地消化着这些信息。他还没有彻底接受这个结果,但是想问的实在太多了。

"灭火装置启动前,田所让那个男人摘了面具。看到他真正的面孔时,田所和东野都表现得非常吃惊。金本先生,请问那个男人究竟是谁?"

秀悟紧紧盯着金本的眼睛问道。金本抚着生了胡茬的下巴回答:

"宫田胜仁。"

"欸?"突如其来的名字令秀悟感到有些迷茫。

"宫田胜仁,就是那小丑真正的名字。他住在东京练马区,三十三岁,单身。我们已经确定了他的身份,准备在记者会上公布这件事。"

"可是只说个名字我也……那他究竟是什么样的人呢?"

"咦?您不认识他?"

金本故意歪着头看向他。

"是啊,我不认识……我为什么要认识他?"

"那看看这个呢？"

金本自言自语一般，从挂在椅背的西服口袋里掏出一张照片，摆在了桌上。那是一个身穿T恤的年轻男人。

秀悟端详着这张照片。这个男人，总感觉在哪儿见过……

"啊！"

在记忆之中摸索的秀悟，眼前突然闪回事件发生当晚的一幕。

那晚他正准备从田所医院后门进去的时候，曾和一个男人擦肩而过，还聊了两句。对，就是那个男人！

"想起来了？"

"这个人是田所医院的医护！那天晚上我准备从后门进医院的时候还碰见过他。"

听秀悟一口气说完这句话，金本满意地点了点头。

"是的，您说得没错。宫田胜仁大约从一年半以前开始在田所医院工作，是一名物理治疗师。发生封锁事件的那天他一直在医院工作到傍晚。看样子，他应该是工作结束后回家做了准备，然后又返回了医院。"

"那……能确定小丑就是这个名叫宫田的男人吗?"

"您是什么意思?"

见秀悟有些迟疑地提出这个疑问,金本挑起一边的眉毛反问道。

"不,也没什么……就是……毕竟那个男人一直都戴着小丑面具啊,所以,呃……有没有可能中途换了人呢?比如说,除他之外还有另一个小丑一类的……"

秀悟脑子有点乱,显得语无伦次的。而金本则缓缓摇了摇头。

"速水医生,这不可能。那家医院已经彻底被警方包围了。进入医院后,警方立刻展开了大规模的搜索工作。我们自然也预想到了犯人有可能变装成警察逃跑,所以在那栋建筑物的出入口实施了极为严格的管控。可是,并没看到有什么可疑人物出入。"

"那……如果是有秘密通道的话……"

说出这句话的同时,秀悟自己也觉得这想法好老套。但他还是忍不住说了出来。毕竟是一家装了隐藏电梯的医院啊,说不定真有一条秘密通道可以逃出院外呢。

如果真的有秘密通道，那这起事件之中最大的谜团就能被解开了。可是，金本的回答却让秀悟失望了。只见他面露苦笑道：

"其实在听完您的证词之后我们也怀疑过医院可能存在秘密通道，所以彻底调查过那里。我们甚至连医院的设计图纸都弄到了，也和这家医院过去的所有者见了面。可最终并没找到那种东西。想从医院走出去，只能通过正面玄关和后门。这一点是可以肯定的。"

"是吗……"

秀悟虽然无法彻底接受这个事实，但还是点了点头。

"不过呢……"

金本压低声音道：

"不能彻底排除宫田有共犯的可能性。"

"啊？什么意思？"

"这件事还请您替我们保密。我们在小丑的面具内侧发现了小型麦克风接收器。所以，宫田有可能是在某人的指示下展开行动的。"

"某人的指示……是谁啊？"

秀悟不依不饶地问道。

"就是因为我们也不知道是谁,所以才把这件事告诉您的。您有没有看见小丑表现出过和谁联络的迹象?"

"联络……"

秀悟皱紧眉拼命回忆着。

"不……据我的观察,没见他和谁联络过。不过,我和小丑在同一空间内的时间比较短,他也有可能是趁我们没看到的时候在和别人联系吧。"

"原来如此,我明白了。嗯,再调查一下那个通信装置,或许就能知道些细节了吧。"

金本摆出一副"那讯问就到这里吧"的姿态,双手在胸口前合十。

"等,等一下。既然面具里有那种装置,就意味着存在同伙的可能性很高啊!再说了,你们真的能确定那个宫田就一定是小丑吗?比如说,小丑在警方闯进去之前想办法把宫田喊了出来,然后杀了宫田,将面具扔在他身边,让他顶替了自己……"

秀悟把自己想得到的推测都说了出来。

"就算这么做,也会被冲进来的警察发现的呀。"

"不是……那肯定还是有秘密通道,或者

密室……"

秀悟嘟哝着。金本则摆出一副"果然不出我所料"的态度,叹出一口气道:

"医生,那家医院没有秘密通道和密室。只有一台隐藏起来的电梯和病房。只有它们俩是真实存在的。"

"可是,也不一定绝对……"

秀悟还在拼命挣扎。如果不是他想的那样,那就太奇怪了。实在是,太奇怪了。

"医生,我们不否认的确有可能存在从医院外部指挥宫田的同伙。但是,宫田是主犯这个结论本身不会错的。"

金本的语气好似在安慰小孩。秀悟对此感到十分厌恶。

"你们凭什么就一口咬定这一点?"

"因为我们搜过宫田的家,找到了大量证据。"

"欸?"

秀悟顿时哑然。

"首先,从他的电脑里找到了宫田在网络上购买面具、电棍、手枪等计划所需品的痕迹。"

"网上……网上能买到手枪?"

秀悟哑口无言。

"非常遗憾地告诉您，能买到。一些暗网会贩卖毒品和枪支。当然，警方会去取缔这些非法交易，但眼下的确无法彻底铲除。"

金本无力地摇摇头。

"那就是说，宫田在网上买了武器，然后封锁了自己供职的医院？"

"可以这么理解。宫田的房间里除了有小丑面具，还有各种类型的面具、刀具、手铐，以及化妆品。他应该是尝试着购买了很多种类的道具，并且测试过哪种最好用。"

"化妆品？"

"我们猜测，他一开始可能没准备戴面具，而是想通过化妆品变装掩饰自己的真实身份。据调查显示，宫田在立志成为物理治疗师之前，曾在一个小剧团当过一段时间的无名小演员。或许他曾想过运用那时候的经验，乔装打扮自己吧。"

看着眼前耸着肩膀的金本，秀悟不断转动着脑子。这个物理治疗师宫田，真的就是那个小丑吗？既然如此……

"既然如此，那宫田又为什么要封锁自己供职的医院，还把院长他们都杀了呢？"

"您在说什么啊速水医生？不是您告诉我们的吗？那个男人说，他是要为恋人复仇。"

"他确实是那么说的，可是，怎么会有这么巧的事呢？恋人偶然住进了自己供职的医院，然后还被夺走了脏器……"

"不，我们觉得应该是反过来的。不是恋人住进了自己供职的医院，而是宫田入职了恋人曾经住过的医院。入职的目的就是复仇。"

金本压低声音说。

"宫田的恋人是谁？有眉目了吗？"

听到秀悟如此疑问，金本轻声笑了起来。

"多亏了速水医生的证言和透析室地上那本活页本。那本子里记录了迄今为止田所医院做过的所有非法脏器移植手术。虽然存在很小一部分破损的情况，看不清手术接受者是谁，不过至少能查到大部分患者。名单相当'豪华'哦。大公司的董事、原著名运动员、政治家。我们正联合检察机关准备逮捕这些人呢。这件事一旦公开，会在全日本掀起轩然大波的哦。"

金本的声音之中混杂着兴奋。

"能不能先把宫田恋人的事情告诉我？"

"啊，真是不好意思。"

金本清清嗓子，整理了一下情绪。

"佐仓江美子。这个人应该就是宫田的恋人了。"

"那是谁啊？"

"速水医生不是设想到了吗？就是在田所医院被秘密手术夺走了脏器的女性啊。活页本里有关于她的记录。"

"关于这个人的信息，您能再和我详细讲讲吗？"秀悟压低了声音。

"好啊，没问题。"

金本说罢，从挂在椅背的西装内袋里掏出手账本，开始哗啦啦地翻阅起来。

"佐仓江美子大约是在三年前住进田所医院的。入院时的年龄是二十一岁，当时是一名女大学生。她和父母还有念高中的弟弟一家四口出门兜风时，车子被硬闯红灯冲过十字路口的卡车撞到，除江美子以外的三人当场死亡，江美子头部遭重创，昏迷不醒。"

这场事故如此惨烈，秀悟忍不住抿起嘴。

"发生事故三个月之后，江美子转院到了田所医院。因为事故导致家人全部死亡，无依无靠，所以田所医院才接收了她。根据活页本上的记录，入院四个月后，田所取走了江美子的肾脏，并将其移植给了某公司老板的妻子。更恶劣的是，接受该手术五天后，江美子就去世了。这究竟意味着什么，我猜速水先生或许更清楚吧？"

"出现了术后并发症。缝合不全导致出血或感染。"

"是的，搜查本部也是这么想的。当然，病历上写的是'吸入性肺炎'，但是，佐仓江美子因为肾脏被摘而去世的可能性相当高。"

说到这里，金本暂停下来，讥讽地挑起唇角，随后继续道：

"我们的猜想是这样的：宫田曾是佐仓江美子的恋人。三年前，成为物理治疗师、具备一定医学知识的宫田对恋人的死因产生怀疑，于是在一年半前入职田所医院，开始探查真相，并得知是田所的手术导致了恋人的死亡。宫田下定决心，要向和那场手术有关的所有人复仇……后面发生的事，应该就和您所知的一样了。"

"那位佐仓江美子女士就是宫田恋人的证据是什

么呢？"

秀悟一边琢磨着金本说的这番话，一边开口问道。

"不，并没有什么证据。我们也和宫田身边的人打听过，发现他这个人并不怎么受欢迎。说实话，关于宫田的评价基本没什么好话。听下来，他这个人好像很容易走极端，而且一点儿小事就会陷入恐慌或者发怒，还想得少、心思浅薄，总之都是不好的评价。或许是性格使然，基本没人听说过他和女性有什么接触。不过或许也正是因为这种性格，他才干出了这么破天荒的事情来吧。"

秀悟一边听着金本的说明，一边回忆小丑的一言一行。金本描述的那个人物形象，的确符合小丑的做派。但那样一个男人真的能制订如此大胆且复杂的复仇计划吗？秀悟轻轻摇了摇思绪混乱的脑袋，看向金本。

"那你们又为什么判断佐仓江美子就是宫田的恋人呢？"

"因为没有其他女性符合条件。"

金本摇摇头。

"根据那个活页本的记录，手术共计进行过十二次。十二次手术中,被取走肾脏的女性有四人,其中两个人是五十来岁的女性。而术后死亡者只有佐仓江美子一人。"

"也不一定是恋人死亡促使他复仇的啊?恋人的脏器被夺走,这本身就足以构成复仇的动机了。这么说,不是还有一个年轻的女被害者吗?"

"是的。的确还有一名女性在半年前被取走了脏器,看上去也是二十岁左右的样子。"

"看上去?"这个说法很模糊,秀悟有些疑惑。

"是啊,因为实际年龄不详。这名女性遭受交通事故陷入昏迷,然后就在身份不明的状态下住进了这家医院。可是,如果患者是宫田的恋人,就不可能不知道她叫什么了,不是吗?"

的确。秀悟一边点头一边思考着。也就是说,真的是这个宫田为了给佐仓江美子报仇,所以才引发了这起事件的?可是,秀悟的心底总残存着一丝解不开的疑虑。

"有遗书吗?"

秀悟抱着胳膊问道。金本疑惑地皱起了眉。

"遗书?什么遗书?"

"宫田的遗书啊。闹出这么大的乱子,最后还饮弹自尽的人，应该多少会留一份遗书，向大众讲清楚自己为什么会做这种事一类的。"

"没有，我们暂时没找到这种东西。"

金本的表情看上去略有些阴沉。

"虽然这只是我的第六感，但我觉得那个小丑应该并没打算去死。他可能也没准备杀了院长他们，而只是想拿着证据去找警察投降而已。所以，我根本不相信那个小丑会射杀院长他们，然后再自杀。"

"确实有这个可能性。或许，他是在被人抢走手枪之后突然焦急，于是没多想就枪杀了田所，等醒过神来意识到自己犯了多大的罪，就给自己脑袋来了一枪……这个解释好像也说得通吧。毕竟宫田其人容易情绪激动，而且也很容易恐慌发作不是吗？"

听罢秀悟说的话，金本搔着脑袋如此解释道。

"嗯，倒是也有这个可能……"

秀悟含含糊糊地咕哝着，于是金本又是双手合十。

"总之呢，根据迄今为止得到的证据，我们内部的主张就是宫田先射杀了田所和东野，然后自杀了。至于佐佐木，虽然不能确定她究竟是被田所还是被宫田杀害，但我们之后应该会调查清楚的……"

"你的意思是,在警方看来,这案子已经破了?"

秀悟用极露骨的讥讽语气小声问道。

"是啊,事件已经解决了……唯独一点,就是您的那些证词。"

金本意味深长地回答。

"所以,你们是想把一切都归为我头部受创产生了幻觉,然后强行给这件事画上终止符?"

"不,我们当然不是那个意思。不过,您曾在一个晚上晕厥了两次,出现记忆混乱的可能性,不是没有对吧?"

"我那天晚上的确昏迷过两次。我的记忆也有可能因此出现少量缺失。可是,不能单凭这个就断定我关于她的记忆都是错的!"

秀悟语气强硬地反驳。金本面露难色道:

"话是这么说,可我们已经把医院查了个底朝天,您说的那个名叫'川崎爱美'的女性却连个影子都没找到啊。"

"爱美,川崎爱美她怎么样了?"

前一天,秀悟被送去医院后一见到来问讯的警察,就急忙抓住对方询问。可对方却满脸讶异地问他:

"那是谁啊？"

秀悟拼命地描述着爱美的样子，可是所有警察都告诉他，医院里并不存在他形容的那样一名女性。这起事件过去了整整两天，警方依然没有找到川崎爱美。

"警察先生，我在启动灭火装置的时候，曾告诉过她要逃出医院。那她有没有可能是在警方未能察觉的情况下逃走了呢？"

在逐渐沉重的气氛之中，秀悟问出了这样一个问题。金本故意夸张地大叹一口气。

"速水医生，关于这个问题，我已经向您解释过很多次了。前天的早上，包含数十人在内的警队，还有鬣狗一样目光如炬的新闻媒体把那家医院围得水泄不通。想从里面跑出来且不被注意到，这是不可能的。还有，我刚刚说过了，事件结束后，我们也对医院的出入口严防死守，调查医院时连边边角角都摸过，可是依然没有找到您说的那位女士啊。"

金本的声音里带着些许烦躁。秀悟闭上了双眼，开始任记忆反刍。他的脑海中再度浮现出爱美的笑脸。

秀发如绢丝一般的触感，柔软的双颊传来的体温，还有些微的蔷薇花香，所有的一切，都无比鲜明地在他脑中晃动。

爱美是幻觉？是自己的大脑捏造出来的妄想？这怎么可能！

"小丑袭击了便利店之后，不是绑架了一名女性吗？当时电视上也是这么说的啊。那名女性就是爱美！这就是爱美曾来过医院的证明啊！"

秀悟瞪大眼睛喊叫道，金本好似被人戳中痛处般皱起了眉。

"我们觉得那个新闻可能是误报。"

"误报？有什么证据证明是误报啊？"

"强盗绑架女性的这个消息，是有人匿名报警提供的。这通报警电话是从公共电话亭打过来的，而且警方询问对方个人信息的时候，那边并未回答，直接挂断了电话。所以搜查本部认为，可能是有人在电视上看到了强盗抢劫便利店的新闻，出于恶作剧的心态报了警。"

金本快言快语地解释道。

"怎么可能！这解释太牵强了！"

秀悟喊得有些破音，金本则始终平静地盯着他。

"的确,这有可能是一种牵强附会。可我们也没办法,因为就是找不到医生您说的那名女性,要不然我们还能怎样呢?如果那名女性当时真的在场,难道在SAT冲进去的瞬间,她就像烟雾一样突然消散了?"

金本很不耐烦地回敬他。看来无论怎么聊,他们两人的主张还是两条合不上的平行线。秀悟拼命转动着大脑。

爱美究竟去哪儿了?为什么找不到她了?

"患者……"

秀悟的唇间很轻地吐出这个词。金本表情严肃地盯着他问:

"您说什么?"

"是患者!说起来,一楼的后门已经被铁丝封死了。爱美她弄不开铁丝,无法求救,所以就乘电梯去了三楼或者四楼,然后找了一张空着的床铺躺下。她或许是觉得假装患者的话能降低风险……"

秀悟说罢,猛地抬起头。可是金本给出的反馈并不积极。

"您的意思是,川崎爱美如今还假扮患者躲在医院里?即便医院已经彻底被警方控制,能够确保安全了,她还不露面?再怎么说这也太奇怪了吧。"

金本说得很在理,秀悟一时语塞。

"话又说回来,我们其实也考虑过宫田的共犯假扮成患者混入病患之中的情况,所以前天就已经在医护人员的配合下确认过了共计六十五名患者的身份。没有多出来的患者,也没有冒名顶替者。"

金本的语气相当肯定。秀悟不由得咬紧了嘴唇。

"确认患者身份倒是不难,但是后续的安置工作可是工程浩大。发生这么大的一个案子,再加上医院里唯一的专职医生……就是院长,也已亡故。"

"患者们怎么样了?"

秀悟问。金本带着些表演成分地揉着自己的肩膀回答:

"我们会在各机构的帮助下寻找愿意接收他们的医院。如果有患者确定了去处,就派急救车把他们搬运过去。不过,毕竟有六十多号人呢,现场还是相当混乱的。哎呀,怎么好像变成我的牢骚大会了,真抱歉。总之呢,这个川崎爱美,她假扮患者的可能性为零。"

秀悟垂下了脑袋。这也是自然,他能想到的事,警方肯定早已经想到并且调查过了。眼下,连续工作了好几个小时的脑细胞也已经接近极限了。

"速水医生,您没事吧?"

金本问他。秀悟缓缓摇了摇头。于是金本的唇角轻轻上扬,垂眼看了看手表。

"已经下午五点多了……医生您看上去也很疲倦了,那今天就先谈到这儿吧。"

"感谢您的体谅。"

秀悟虚弱地小声说。

"您今天就可以回去了。不过,得提前跟您打声招呼,如果还有什么事需要询问您的话,我们还会再打扰您的,抱歉了。还有,如果您想起什么细节,也请随时跟我们联系。"

金本客客气气地说罢,站起身推开了房门。秀悟也站了起来,脚步沉重地走向大门。正在这时,金本突然想起什么一般开口道:

"啊,对了……"

"怎么了?还有什么要问的吗?"

"是这样,田所给宫田的那个装了三千万的袋子,我们也没能找到。估计是让宫田藏在什么地方了吧。不过我们之后慢慢查,应该能找到的。抱歉,只是个题外话。"

秀悟瞥了一眼殷勤低头行礼的金本，走出了房间。他感觉身子好沉，仿佛浑身的血液都变成了水银。

秀悟暂停住脚步，转身看向背后。

三百米开外，就是自己刚刚接受讯问的警察局。

接下来要怎么办？秀悟仰望一眼警察局，再度缓缓迈开步子。不知为何，脚下的柏油马路仿佛棉花糖般柔软，他感觉脚下一阵不稳。

"你究竟去哪儿了？"

秀悟紧咬牙关，颤抖着挤出这句话。

虽然只共度了短短一夜，可他却对爱美产生了一种前所未有的眷恋。她在那么特殊的事态之下出现在自己眼前，之后又像幻觉一般消散……爱美，她究竟在哪儿？她是否平安无事？

好想见到爱美。不，见不到也无妨，只要能确定她安然无恙就好。

秀悟就这样趔趔趄趄地走着，不一会儿，他注意到人行道一端有一片白线围起来的吸烟区域。于是，他好似被那里吸引着一般，不知不觉地走了进去。摄入一些尼古丁，或许能让满是迷雾的大脑稍微清醒些吧。

秀悟从外套口袋里掏出香烟盒和一次性打火机。

他叼起一根香烟，正准备打火点燃，口袋里的手机却突然振了起来。

"谁会在这种时候打电话给我啊……"

秀悟叼着香烟掏出了手机。液晶屏上显示出"小堺前辈"几个字。秀悟不由得皱紧了眉。

都是因为代替这个小堺去值班，自己才被卷进事件之中。虽然小堺没什么责任，但眼下他对此人的感受有些复杂。

秀悟抬起空着的那只手取下了口中叼着的香烟，按下"接听"键。

"喂，小堺前辈……"

"哦，速水啊，你现在有空吗？田所医院的事情好像让你倒了大霉……"

电话那头的小堺嗓音粗哑，秀悟条件反射般将手机稍微拿开了一些。

"是啊，真是倒大霉了。"

"对不住，都是因为我让你代班才搞成这样的……对了，你今天不来医院吗？"

"我联系过部长了，暂时先请了三天的假。我受了伤需要休养，而且还得接受警方讯问。眼下那边才刚和我聊完。"

秀悟有些借题发挥般地大声叹了口气。

"啊，是吗？呃……对了速水，你和警察都聊什么了啊？"

"欸？就是……聊案情了啊……"

秀悟一时没理解对方问这个问题的意图。

"哦，也是。那个……警察有没有问过你我的事？"

"啊？为什么要问前辈你的事情呢？我们没谈到过这些。"

"哦哦，是吗？哎呀，我这不是想着，本来那天应该我值班的，所以……可能也要负点责任之类的，不过，没问我的事就好。"

"哦……"

小堺的言辞有些混乱，秀悟只好含含糊糊地回应了一下。

"那就这样吧，你好好休息，我会再打给你的。"

前辈留下这么一句话就挂断了电话，听筒里只留下一串懒洋洋的电子音。秀悟看着手机一脸的疑惑。

他不明所以地将手机塞回了衣服口袋，再度叼起香烟，点着火，狠狠吸了一大口。紫色烟雾在肺中扩散开，融入血液里的尼古丁随着血流冲进大脑，安抚了他烦躁的神经。我竟然拿尼古丁当精神安慰剂？想到这儿，秀悟忍不住对自己产生了一丝厌恶。与此同时，他又回忆起了刚刚和金本的对话。

一根香烟吸到一半，秀悟突然产生了一种轻微的不快感。他不由得皱起了眉。这种大脑皮层被虫子爬过一样的感觉，究竟是怎么回事？

他轻轻按着脑袋，开始寻找起产生这种不快感的原因。和金本的对话中，某个细节很不对头。究竟是哪一个细节？究竟哪里不对头？

下一个瞬间，拼命回忆着的秀悟脑内灵光乍现。这令他浑身僵直，像再一次被电棍击中一般。他毫无意识地张开嘴，吸剩到只有烟头的香烟就那么从他口中掉了下去。

"六十五人？"

香烟掉了，半张的嘴巴吐出了这么一句话。

六十五人。

没错，金本确实说"确认过了共计六十五名患者的身份"。田所医院的病房是四人一间的，三楼和四楼各有八间病房。也就是说,这家医院的住院人数上限就是六十四人。如果他说有六十五名病人,那应该是把五楼隐藏病房的小孩子也算上了吧。

可是,这就不对劲了。

四楼最深处的一间病房里有一张空床。自己当时用那张空床上的床单,盖住了佐佐木的遗体。可是,金本却说医院里住了六十五名病人。这就意味着田所医院的床位是满的。

是金本搞错了吗?他只是恰巧说错了人数?当然有这个可能性。可是,如果金本并没弄错人数呢……

所以,爱美的确是跑到那张床上假扮成患者了,所以警方才没有找到她?可是,金本他们不是在医护的配合下一个一个地确认过病人了吗?

秀悟仰望着太阳逐渐西斜的天空。能解释以上一切问题的答案只有一个。这假设太过离奇,可除了它再无其他可能。

爱美并没有假扮病人。

"爱美她……本来就是田所医院的病人?"

秀悟低声说着,闭上了眼。他的脑细胞开始匆匆处理起各色信息。如果爱美是那家医院的患者,那她就不是被小丑绑架并带去田所医院的了。可是，爱美和小丑为什么要撒这个谎呢？

无论他如何思考，都只能得出一个答案。可这答案太令人绝望，秀悟不由得伸出双手捂住了脸。

"爱美，是共犯……"

他口中吐出的那句充满绝望的话，被冬季呼啸而过的冷风吹散。

如果爱美是小丑的共犯，那就能解释清楚很多事了。小丑之所以能察觉到他们的行动，都是因为爱美在通风报信。说起来，爱美刚接受手术后不久，田所从小丑背后偷袭的时候，那小丑就像后背长了眼睛一样立刻察觉到了身后有人。那也是因为爱美看到了田所的行为，所以和小丑使了眼色，提醒他了吧。

下一个瞬间，秀悟感觉浑身又是一僵，因为他又意识到了一个恐怖的事实。

有一件事，他一直都想不通。那天晚上，为什么小丑突然跑去透析室，硬将爱美拉去了一楼？如果小丑，也就是宫田是为了帮自己的恋人复仇才来到这家医院，那他的举动就不符合逻辑了。可是，如果宫田和爱美是同伙，这件事就说得通了。当时应该是突发意外，所以他们要在人质看不到的地方商量对策。

突发意外，是什么意外？这答案其实很简单。是佐佐木。

爱美被带去一楼前不久，佐佐木曾经对她耳语过什么。爱美说是佐佐木告诉自己"小心院长""还有一个人"。但，那应该是在说谎。

佐佐木说的应该是"你是住在这家医院里的患者吧？"

"女人化了妆会变成另一个人的哦。"

耳边响起爱美那句带着一丝俏皮的打趣。当晚爱美的妆容很浓，和她不化妆时一定是判若两人。事实上，田所和东野直到最后也没发现爱美就是住院患者中的一人。可是，佐佐木却发现了这一点。她察觉到了，并且跑去确认了。去了四楼最深处那个房间，爱美住着的那间病房……

爱美注意到了佐佐木的举动，于是假借"要去厕所"和宫田取得了联系，假装被硬拉走，和宫田一起去了一楼。然后从一楼坐电梯，直达四楼……

拿刀捅死了佐佐木。

"呵呵……哈哈哈哈……"

秀悟的喉咙深处发出一串干巴巴的笑声。

他当时为了救爱美豁出了性命，甚至做好了吃枪子儿的准备。结果她却背地里骗过自己去杀了佐佐木。怎么会这样！他以为自己在和小丑对峙，可真正的小丑竟然是他自己吗？

紧接着，秀悟回忆起听说佐佐木被杀时小丑的反应，当时小丑似乎真的很惊讶。也就是说，宫田并不知道爱美杀了佐佐木。他可能以为爱美只是回到病房敷衍一下跑去确认的佐佐木而已。

没错，宫田谁也不想杀，那个男人得知的作战内容恐怕只是：

带着爱美进入医院，一边从爱美那里获得人质们的具体行动，一边寻找藏在医院里的"秘密手术"资料。与此同时，爱美潜伏在人质中间，观察田所他们的行为，监视他们，以防他们把资料拿走。如果找到了资料，或者已经没有时间了，就直接报警，对蜂拥而来的媒体揭露田所医院曾犯下的恶行。

然而，唯独这计划最后的部分和最初告知宫田的不同。爱美她从一开始就准备杀掉田所他们……以及宫田。

至此，秀悟打飞田所手中的枪之后究竟发生了什么，也就全部明朗了。爱美在满屋飞扬的粉末掩护下，先是从裙子口袋里掏出隐藏的小型电棍，限制了秀悟的行动。随后捡起枪射杀了田所和东野。电棍应该是之前和宫田一起去一楼的时候，连同小刀一道从宫田那里拿到的。随后，趁着宫田被突然发生的一切惊得愣在原地之时，爱美靠近他，枪口抵住他的太阳穴，扣动了扳机。

　　爱美把手枪扔在宫田身边，伪造了他的自杀。随后她拎起装了三千万现金的袋子，跑回了自己位于四楼的那间病房。洗去妆容，恢复了患者的身份。

　　一阵猛烈的眩晕感袭来，秀悟当场跪在了地上。他失去了平衡，一瞬间甚至分不清前后左右，一种仿佛跌入失重空间的错觉向他猛烈袭来。

　　突然，从胃部沿食道猛地涌上一股热流。秀悟弓起身子开始呕吐。出院后他一直没有食欲，基本什么都没吃，所以只能吐出些黏稠的胃液。一种近乎痛觉的苦味在他的整个口腔中扩散开来。

　　他几乎把胃里所有的东西都呕出来了，可是反胃的感觉依然强烈。秀悟还在难以自控地干呕。一个年轻女性从他身边路过，用看到厨余垃圾一样的眼神看了秀悟一眼，随后快步离开了。

"不，不对不对，不对，不对不对不对……"

秀悟强忍那种好似胸口腐烂掉了一般的恶心感受，如同一台坏掉了的录音机一样不停重复着这个词。

爱美不可能是犯人。是自己的大脑在这令人难以理解的状况之下，产生了愚蠢的幻想。

有没有，有没有什么能推翻这愚蠢假设的证据？秀悟双手狠狠抓着头发，指甲抓破了头皮，一阵刺痛掠过。这疼痛暂时浇熄了沸腾的脑浆。

秀悟不理会来往行人投来的讶异视线，依然蜷缩在地上。

如果爱美是那家医院的病人，那就会产生几个疑点。首先，爱美为什么要帮助宫田复仇？其中动机很不清楚。没错，宫田的动机尚可理解，毕竟他的恋人佐仓江美子被害了。可是爱美为什么会对田所他们如此恨之入骨？

还有，如果爱美是犯人，那她的病房床头柜里面肯定藏着很多证据啊。比如化妆品、沾了血液和灭火粉末的衣服，还有卸妆液，以及抢走的三千万。

就那么扔着肯定迟早会被发现的。如果要带出去，那就只能趁昨天和今天了，因为这段时间里，警方需要将大量患者疏散到其他医院去，现场比较混乱。可是，就算拿着这些跑了，入院患者的信息还留在医院里。根据这些记录也一样能顺藤摸瓜逮捕她啊。

"啊！"

秀悟突然仰起脸。

他想起一个决定性的证据。爱美可是被宫田打了一枪的啊！如果他们是共犯关系，又有什么必要这样做呢？

没错！爱美不是杀人犯，一切都是我在胡思乱想。如果是共犯，何必在她左上腹弄一个那么长的伤口……

想到这儿的一瞬间，思绪仿佛突然被冰封。他感觉自己的脚下在分崩离析。

"手术的痕迹……"

秀悟眺望着已是暮色沉沉的天空，轻声叹道。

一切已昭然若揭。所有的线索都串联到了一起。

不过，是以一种极度残酷的形态……

秀悟仰着头，在脑中勾勒出了最终的真相，此刻他的内心竟平静得出奇。

那晚小丑进入医院前，秀悟曾在医生值班室听到了一声枪响。他以为那枪响是犯人破坏后门发出的声音。可宫田本身就是田所医院的员工，他知道电子锁密码，所以没必要特意去对着门开枪。

当时，宫田究竟是在对着什么开枪？

对着爱美。爱美偷偷跑出医院，宫田对着爱美的腹部开了一枪。

秀悟想起了爱美腹部受的伤。斜掠过左上腹的枪痕。如果他能早些注意到这伤口的意义，说不定就能领悟这起案件的真相了。悔意狠狠啃噬着秀悟的心。

是爱美主动要求对方在医院后门枪击自己的……为了盖掉她身上原有的伤痕。

如今回忆起来，爱美身上的那道枪痕，和接受肾脏摘除手术的手术痕迹，正好在完全相同的位置上。

爱美也是那家医院的"秘密手术"的牺牲者。为了掩盖手术伤痕，由宫田开出一枪，并且小心保证不要形成致命伤，同时还要盖过之前的伤痕……

确实，按爱美当时的身体状态来看，如果她被击中后又过了一段时间,那情况未免太好了些。她一定是在被击中后马上就进入医院请求秀悟的帮助,所以才没有流过多的血。

这一枪给爱美带去了两个好处。一个,是自己会给别人留下"可怜的受害者"的强烈印象;还有一个,就是彻底掩盖住了之前的手术痕迹。

实际上,秀悟当时确实尽全力为她缝合了枪伤。几周之后,不仔细看可能都注意不到那里存在过一道伤痕。

被田所他们取走脏器的基本是终日瘫痪在床的患者。可爱美的头脑却相当清醒,由此得出的结论只有一个。

那晚秀悟得知"秘密手术"这件事时,田所提到的那个"术后从昏睡状态清醒过来的患者"应该就是爱美。

根据田所的说法,那个从昏迷状态清醒过来的患者存在记忆障碍,所以相信了腹部原本就有手术痕迹的说辞。但是,他应该是说了谎。

爱美恢复了记忆,虽然不知道是醒过来后立刻恢复的,还是稍过了一段时间才想起来的。而且,她也知道了自己的内脏被田所他们夺走的事实。估计是他们之中有人在爱美尚未完全清醒时说漏了嘴吧。

得知了自己身上发生的一切后，爱美决定报复这些玩弄自己身体的家伙，于是开始制订起复仇计划。首先就是寻找同伙，她选中的这个同伙正是宫田胜仁。此人以物理治疗师的身份在田所医院工作，帮助恢复意识的爱美复健，两个人应该接触频繁。爱美攻陷了宫田，使他为己所用。她的手段，就是利用自己的美貌，和那种能令男性产生怜爱之情的，天生的吸引力。

秀悟狠狠地咬着牙根。

全都是谎言。枪伤是谎言，煽动他庇护欲的那种不安的表情也是谎言，刺激他情欲的、泛着粉红色的双颊，水润的双眸，娇媚而又闪着艳情之色的双唇……通通，通通都是操纵玩弄他的诱饵。

猛烈的愤怒在胸口熊熊燃烧，可与此同时，接吻时爱美双唇的触感也突然复活过来，那冶艳在挑逗他的本能。

秀悟瘫坐在地上，双拳紧握。他用尽全力捶打着柏油路面。剧烈的疼痛沿着双手一瞬蹿上了天灵盖，那甜美的回忆顿时烟消云散。

秀悟将身体之中的燥热都融进气息之中，轻轻吐了出去。暂停的思维再度加速。

宫田并不常受女性的青睐，所以他很快就彻底成了爱美的奴隶。没错，宫田口中的那个"恋人"，并不是佐仓江美子。

爱美，才是他的"恋人"。

秀悟想起了一个细节。爱美被小丑带走时，自己为了救她冲到一楼的铁门前和小丑对峙。当时，小丑见他为了爱美豁出性命的架势，表现得异常焦躁。他本以为小丑是因为被打扰而不爽，实际上并非如此。那只是男人的嫉妒心在作祟。

宫田就这样奉献自己，成了爱美复仇的工具。他或许还把自己当成了英雄，一个为了恋人敢于出生入死，将真相公之于世的英雄。可事实上，他只是一枚用完即弃的棋子罢了。

当爱美射杀了田所他们，然后靠近宫田，将枪口抵到他的太阳穴时，他在想些什么呢？

秀悟不禁有些同情这个男人了。

"川崎……爱美……"

秀悟喃喃地念着她的名字，嘴唇几乎没有动。这名字已经没有任何意义了。因为"川崎爱美"已经不存在了,她和那三千万,一起销声匿迹了。

一阵虚脱感涌上来,他的心仿佛被挖空。此时,秀悟察觉到了一个细节,忍不住又发出一串干笑。

"啊,对啊……那是她给我的提示。"

秀悟发出一阵痛苦又自虐般的笑声。他想起了和爱美一起收集到的那七本病历中的人名。

【川崎13】

在川崎发现的第十三个身份不明的住院患者。

"爱情的爱,美丽的美……爱美。"

自我介绍的时候,她是这么说的。

"13"……"I3"……"I(AI)3(MI)。爱美[1]。"

那个假名字,或许就是她独特的幽默吧。

从"新宿11"的病历中找出那份接受"秘密手术"的患者名单的人,正是爱美。当时,爱美恐怕是把事先准备好的名单插进了病历本里,假装成刚刚从里面发现的样子。

爱美为什么要把自己的病历也放进那份名单里

---

[1] 日语中英文字母"I"和"爱"读音同为"ai",数字"3"和"美"读音同为"mi"。——译者注。

呢？是因为她有足够的自信，确定单凭这些绝不会露馅儿吗？还是说，她觉得不给到这种程度的提示，有失公平呢？事到如今，秀悟已永远不可能知晓答案了。

或许我应该感谢爱美。秀悟仰望那悬着一轮朗月的夜空，如此想。

在特警部队冲进来之前，她用电棍限制了我的行动，当时她完全可以给我一枪。可是，她并没有那么做。让我活着，只会增加她身份暴露的风险。

她之所以让我活着，或许是为了留下一个揭露田所医院诸多恶事的人证？还是说，是几个小时，仅限几个小时的短暂关系，让她对我产生了哪怕一丝丝的情义？

她的计划可以说是完美的。可在这份计算周到的计划中，却突然出现了一个跑来代替别人值班的"异常要素"，也就是我。其实本来……

想到这儿，仰望夜空的秀悟突然睁大了双目。浑身的汗毛都竖了起来。

按照这个计划，值班的应该是小堺啊，那她本来要对小堺做什么？

秀悟从衣兜里掏出手机，望着液晶屏幕。刚刚那通电话里，小堺的表现有点怪怪的。

"人手不足……"

秀悟的自言自语，缓缓融进冰冷的空气中。

怎么事到如今才察觉？光靠田所自己是无法完成"秘密手术"的啊。活体肾移植在移植手术中虽然相对容易，可是单靠一个医生也无法完成。至少还得再有一个医生才行。

另一个医生就是小堺。小堺在帮助田所进行"秘密手术"。他是泌尿科的医生，经验丰富，肾脏摘除的手术自不必提，他一定也有参与肾移植手术的经验。

那一天，小堺原本会和田所一样被杀。

她会不会已经放弃了杀死小堺的念头？……不可能。那些切开自己身体，夺走自己内脏的家伙，她是不会原谅的。

秀悟翻出手机的通话记录，选择了最靠上的那一串号码，毫不迟疑拨了出去。可是，呼叫铃声响了无数次，始终没有人接听。某种不祥的预感渐渐涌起。

秀悟将手机收回口袋，用力蹬地飞奔起来。从这里到自己工作的调布第一综合医院只有四公里。

跑着过去,大约二十分钟就到了。

冰冷的空气掠过脸颊,秀悟不停地奔跑着。

脑海中,那个他其实并不知晓姓名的女性,正冲他露出满面无忧的微笑。

终章

无数上班族涌出车站，走在回家的路上。秀悟在人山人海中穿梭，一路奔向位于站前的目的地。他向前一看，百米开外，那座八层楼高的巨大建筑物就静静矗立在眼前。那儿就是调布第一综合医院。

还差一点儿，就差一点儿了。秀悟逼着自己这副运动不足的身体拼命奔跑，可他全身上下都开始发出惨叫抗议。他感觉肺部疼痛，两条腿像绑了枷锁一样沉重。心脏跳得太快，一直在拼命撞着他的胸骨内侧，简直快炸开了。

双腿随时可能罢工，秀悟拼命催着它们动起来，在大路上右拐。可是，下一秒他却停住了脚步。距他数十米的前方，有十余辆警车包围了医院。

秀悟一边拼命喘息着，努力摄取氧气，一边踉踉跄跄地向医院走去。

数十个凑热闹的路人站在警方拉起的警戒线外，

挤得里三层外三层。其中大多数都是穿了一身西装的上班族。

秀悟拼命分开看热闹的人群，挤到了警戒线前。

"非常抱歉，除相关人士外不得入内。"

他正准备跨过这条线，却被一名身穿制服的警察拦住了。秀悟急忙从裤子后兜里掏出钱包，把里面的工作证拿给警察看。

"我是这家医院的医生，我负责的患者突然病情恶化，所以他们才把我喊过来的。请让我进去吧！"

"啊，真抱歉，那您请进。"

警察慌忙将警戒线抬起，秀悟侧头瞄了一眼警察，快步向院内走去。

通过自动门走进大楼后，秀悟停下了脚步。一楼是外来患者候诊区。他看到这片区域的深处聚集了一大群警察，还有很多穿着蓝色制服的鉴识人员。

秀悟呆站在原地，很快他就发现身边有一个脸熟的护士，对方穿了一身私服，正从他眼前路过。

"等，等一下……"

"啊，速水医生，晚上好。"

对方认出了速水，轻轻颔首同他打招呼。

"怎么来了这么多警察啊？你知道发生什么

了吗?"

秀悟问她,尽量让自己的声音听上去平稳一些。

"欸?速水医生不知道啊?刚刚可是乱成一锅粥了呢。"

"我今天休息。因为负责的患者情况不好,所以才刚被喊来……"

"哦,原来如此!是这样的,出大事了啊,泌尿科的小堺医生被人捅了。就在三四十分钟之前,他胸口被人刺中,倒在外来患者候诊区的角落。听说刚发现的时候有人尝试过心肺复苏……但是没救回来呢。"

秀悟感觉自己脸上的血色"唰"的一下消失了。脚下顿时发软,他紧咬牙关让自己千万别当场瘫倒。

"这样啊……这实在是,太可怕了。"

他拼命从喉咙里挤出这句话。

"速水医生,您没事吧?怎么脸色这么白……"

"嗯,我没事的。"

秀悟虚弱地回答。护士有些诧异地看了他一眼,随后快步走出了大门。看样子是想尽快离开这个杀人现场。

还是没来得及……

秀悟迈着醉汉一般的步伐离开医院，垂着头一路走出警戒线，走进了看热闹的人群中。

还是没能阻止她。费力穿过人墙后，秀悟倚靠在了一根电线杆上。他感觉自己的双腿已经承受不住身体的重量了。他就这样靠着电线杆缓缓蹲下，抱住双膝，紧紧蜷着身子坐在了地上。无数双腿从他身边掠过，快步向着家的方向走去。

一切就这么结束了吗？啊，说起来金本似乎提到过，活页本里有一部分资料已经丢失了。或许是为了让移植了自己脏器的家伙付出代价，所以她只拿走了那个人的资料。

就算知道这些，自己也已经束手无策了。

因为，再也不会见到她了。

突然，一个声音在他耳畔响起，好像有谁在呼唤他。那声音很温柔，却又极妖冶地撩拨着他的心。是几个小时前他曾听到过无数次的那个声音。

"爱美！"

秀悟猛地站起身，睁开眼睛四处张望。十米开外的地方挤满无数西装革履的白领，人群缝隙中，站着一个身穿风衣的瘦弱背影。

长发披在肩膀上，修剪得十分整齐，还染成了茶色。可是，他依然确信。

一定是她。

"爱美！"

秀悟声嘶力竭地大喊。周围的人向他投去疑惑的目光，可秀悟根本顾不上这些。

她的背影暂停住了一秒，但立刻继续迈步向前，那步伐悠然，仿佛故意等着秀悟追上去。

秀悟原本想追，可他刚抬起脚准备跑出去，却又缓缓把脚放了下来。

他就那样静静地站在原地看着，直到那瘦弱的背影在人潮中消失不见。

寒冷的夜风逐渐带走了身体和内心的温度。

只有淡淡的蔷薇香气，乘着夜风轻轻掠过他的鼻尖。